警犬汉克历险记55

# 秘密武器

作 者

[美] 约翰·R.埃里克森

插画家

[美] 杰拉尔德·L.福尔摩斯

译 者

刘晓媛 英尚

浙江工商大学出版社
ZHEJIANG GONGSHANG UNIVERSITY PRESS

图字：11-2011-207 号

图书在版编目（CIP）数据

秘密武器 /（美）埃里克森（Erickson, J.R.）著；
刘晓媛，英尚译 .—杭州：浙江工商大学出版社，2015.3
（警犬汉克历险记；55）
书名原文：The Case of the Secret Weapon
ISBN 978-7-5178-0153-5

Ⅰ. ①秘… Ⅱ. ①埃… ②刘… ③英… Ⅲ. ①儿童故
事—美国—现代 Ⅳ. ① I712.85

中国版本图书馆 CIP 数据核字（2013）第 292272 号

**秘密武器**

[美] 约翰·R·埃里克森 著

刘晓媛 英尚 译

| | |
|---|---|
| 出版发行 | 浙江工商大学出版社 |
| 出 品 人 | 鲍观明 |
| 版权总监 | 王毅 |
| 组稿编辑 | 玲子 |
| 责任编辑 | 罗丁瑞　黄静芬 |
| 策划监制 | 英尚文化　enshine@sina.cn |
| 营销宣传 | 北京大地书苑图书发行有限公司 |
| 设计排版 | 纸上魔方 |
| 印　　刷 | 北京市全海印刷厂 |
| 开　　本 | 710mm×1000mm　1/16 |
| 印　　张 | 8 |
| 字　　数 | 100 千字 |
| 版 印 次 | 2015 年 3 月第 1 版　2015 年 3 月第 1 次印刷 |
| 书　　号 | ISBN 978-7-5178-0153-5 |
| 定　　价 | 19.80 元 |

版权所有 侵权必究 印装差错 负责调换
浙江工商大学出版社营销部邮购电话 0571-88804228
北京大地书苑图书发行有限公司团购电话 010-85988486

本书献给乔治和克伦

# 牧场全景图

1. 盖岩高地
2. 通往特威切尔市的道路
3. 通往高速公路和83号
   酒吧的道路
4. 马场
5. 斯利姆的住所
6. 蛋糕房
7. 器械棚

8. 翡翠池
9. 鲁普尔一家住所
10. 比欧拉所在牧场
11. 邮筒
12. 油罐
13. 狼溪
14. 黑森林

# 出场人物秀

### 汉克

　　牛仔犬，体型高大。自称牧场治安长官。忠诚又狡黠，聪明又愚蠢，勇敢又怯懦。昵称汉基。

### 卓沃尔

　　汉克忠诚但胆小的助手。个子矮小，执行任务时，经常说腿疼，让人真假难辨。

### 鲁普尔

　　汉克所在牧场的主人，萨莉·梅的丈夫。

## 萨莉·梅

　　牧场女主人，因不喜欢汉克的淘气和邋遢，与汉克的关系时好时坏。

## 斯利姆

　　牧场的雇员，牛仔，独身，生活较邋遢。

## 维奥拉

　　斯利姆的女朋友。

## 比欧拉

　　附近牧场上的牧羊犬，汉克的梦中情人。

### 柏拉图

　　捕鸟犬，性格温和，但有些胆小，比欧拉的男朋友，汉克的情敌。

### 罗斯巴德

　　一只臭鼬。

### 利兰

　　窃贼，罗斯巴德的主人。

# 精彩抢先看

## 入侵者警报！

　　我的大脑在飞快地运转着。"好，我有计划了。我们把整个部队撤回到门廊上，在那里建立一道防御工事。如果他离开了，我们就不用吠叫了。如果他想要进到房子里，我们就用尽一切手段阻止他。你认为怎么样？"

　　嗖！卓沃尔已经向门廊跑过去，就像一颗小彗星，留下我一个人站在房子前，没有任何后备军。我转过身，启动了涡轮四挡，向门廊冲过去。

　　当我抵达那里的时候，卓沃尔已经躲到斯利姆的椅子后面了。"懦夫！从那把椅子后面滚出来。"他没有动，于是我做了任何一条正常的美国狗都会做的事情。我连推带挤，同他一起躲在了椅子后面。

　　在那里，在我们前线的散兵坑里，我们挤作一团，倾听着那个陌生人的脚步声。他正向房子这边走过来！

目录

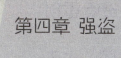

第一章

有脚但没
有腿的床

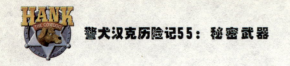
又是我，警犬汉克。据我回忆，这场历险发生在七月里。是的，那天是七月四日，我和卓沃尔在斯利姆位于狼溪岸边的单身小屋中住了几天。

通常，我们都住在牧场总部油罐下面的卧室兼办公室里。不过，时不时地，我们喜欢到斯利姆的住处去消磨一下时光。首先，他那里没有猫，因此也就没有让人讨厌的东西，住在那儿是再好不过的事情了。众所周知，世界上百分之八十七的问题都是由猫引起的。没有猫，就没有问题。

另外，斯利姆是一个单身牛仔，他有一颗宽宏大量的心，从不介意让他的狗待在屋子里。事实上，我认为他喜欢我们陪伴在身边。他是那种能够同他的狗交谈的男人，有时候，他甚至会与我们分享晚餐。虽然与斯利姆在一起吃晚餐并不总是非常愉快（他经常吃罐装鲭鱼三明治），不过，如果你能给我找出一个能同他的狗交谈的男人，那这个人就是一个有着精致品味与聪明头脑的男人。

不过，我要说的是，我和卓沃尔将在斯利姆的住处过夜，在起居室的地板上舒展身体。或者，让我们这么说，我们起初是在他起居室的地板上舒展身体，不过，在黎明的某个时刻……

他的地毯又旧又薄，你们不知道吗？睡过几个小时之后，我醒了过来，难以继续入眠。我试着把地毯挠得蓬松柔软一些，不过，这条破旧的地毯任凭我怎么抓挠，也没有改变多少。

就在这时，我做了任何一条正常而健康的狗都会做的事情。我蹑手蹑脚地走过长长的走廊，来到斯利姆的卧室，然后……嗯，这样说吧，查看了一下这里的住宿环境。看，斯利姆睡在一张床上，而床是一个，呃，度过漫漫长夜的好地方，嘿嘿。

我在漆黑如墨的夜里在那张床边踌躇，竖起了耳朵，对听觉扫描到的信息进行检测。我听到了……你们知道我的第一感觉就是有人开着一辆卡车闯进房子里来了，不过，这说不通。我再次进行了检测，得出了一个更为合理的答案。

斯利姆正在打呼噜。是的，他是一个呼噜王，他正在打呼噜。很好，如果他正在打呼噜，这就说明他睡着了。嘿嘿，这等于是给我发出了一个信号，让我开始我们称之为"潜伏到床上"的程序。

这是一个相当复杂的程序。你们的大多数普通的狗不会花时间做这种事。他们只会冒冒失失地跳到床上，希望能够称心如意。不过，在他们身上经常发生的事情，就是遭到斥责，然后被赶出房子。

我不会这样做的，老兄。我会花时间做正确的事情。如果你不能带着极大的耐心与关爱来做这件事情，你就根本不应该去做。

这个程序是这样的，你们或许想记些笔记。

好，你要先把一只爪子搭在床上。我喜欢用右前爪，不过，左前爪的功效也是一样的。你把一只爪子放在床上，按下去，等着看看有没有什么反应。如果没反应，你就继续进行这个程序，把另一只爪子也放到床上。

此时，程序变得有些复杂，你必须把整个身体的重量从仍然立在地板上的后腿上面，转移到已经在床上摆好位置的前腿上去。如果你有一副强壮有

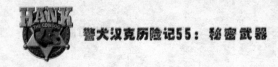

力的肩膀，程序当中的这一步就会进行得更加顺利一些，我恰好就有这样一副肩膀。

在转移体重的过程中，你要把身体所有的重量从后腿转移到前腿上，然后你把后腿抬离地面，让它们轻轻地落在床上。如果这项特殊任务不得不半途而废，通常是在这个关键环节出现了问题，此时，你整个身体正在床的边缘摇摇欲坠。

这是一个相当紧张的时刻，我启动了"听觉扫描仪"，在监控器上仔细地研究着斯利姆的心跳声、呼吸频率与脑电波，所有的信号都显示正常。不过，就在这时……

这仿佛是一个晴天霹雳。当一切都显示为正常时，斯利姆突然在睡梦中打起了嗝儿！我没有开玩笑，这让我大吃一惊，差点儿取消了这次任务，我的意思是，正常人是不会在睡梦中打嗝儿的，是不是？

嗯，斯利姆打了嗝儿，你们可以把这一条记录在案。它几乎毁掉我的这次任务，不过我还是设法控制住了局面。我一动不动地待在原地，没有动一根毛发，斯利姆重新回到了他正常的"打呼噜模式"。

哇噢！真是千钧一发。

就在这时，我进入到"秘密爬行模式"，开始一点儿一点儿地向着……呃？我的天啊，在斯利姆漆黑一团的床尾，我碰到了某种生物……一种有机生命体……某种长着毛发、散发着狗的气味的东西！

我僵住了，脖子后面的每根毛都直直地竖了起来。那会是谁呢？城镇里跑来的一条流浪狗？一只黑夜中潜行的郊狼，不知为何闯进了斯利姆的房子、爬上了他的床？我迅速地在数据库中检索着，寻找着我愿意在子夜时分、在斯利姆的床上遇到的家伙的名字。

我的搜索结果为零，就是说我绝对不愿意在这个特殊的时刻、特殊的地点遇到任何一个家伙。

所以，在这种情形下，你应该怎么办？逃跑？攻击？吠叫？正在我权衡选择方案时，我听到黑暗中传来了一个声音："哦，嗨，你在这里干什么呢？"

我如释重负地融化了。我的意思是，你们都看到过冰激凌在炎炎的烈日下面会变成什么样子，是不是？我就是这个样子。我所有高度紧张的肌肉都释放出了紧张感，于是我变成了一滩像狗一样的物质。

你们能猜到那个家伙是谁吗？是卓沃尔。我不知道应该悲伤、生气，还是高兴。片刻令人心悸的寂静之后，我轻声说："你在这里干什么，你这个卑鄙的家伙？"

"嗯……我在那个硬地板上睡不着。"

"什么？这真荒谬！卓沃尔，我们是牧场治安部门的精英部队。当一天结束的时候，我们要睡在任何一个我们倒下来的地方。"

"是的，不过，我认为斯利姆不会介意我在他的床上占据一角，这是一张非常舒适的床。"

"这当然是一张非常舒适的床，不过不是给狗准备的。"

"真见鬼。那你在这里干什么？"

片刻沉默之后，我回答道："我在例行巡逻，以防万一。"

"你是说假定巡逻？"

"什么？"

"你说你假装去假释一个假定。"

"说得没错，在这个过程中，我抓住你未经允许爬上了斯利姆的床上。

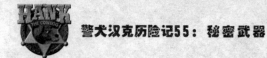
卓沃尔，我真应该惩罚你！你知道如果斯利姆醒过来当场抓住我们，会发生什么事情吗？”

"你认为他会生气吗？"

"他当然会生气。往轻了说，他会把我们踢下床；往重了说，他会把我们扔出这座房子。这就是你想要的结果吗，成为一只无家可归的流浪者？"

"哦，我喜欢薄脆饼①。"

"什么？

"我喜欢薄脆饼。"

"是的，那又怎样？每个人都喜欢薄脆饼。"

"嗯，你刚才提到了香草薄脆饼。"

我慢慢地吐出一口气，让自己耐下心来。"卓沃尔，我说的是'无家可归的流浪者'，不是香草薄脆饼。流浪者不是薄脆饼。"

"是的，我一直在想着它们，我甚至还梦到了薄脆饼。"

我把鼻子戳到了他的脸上。"别再谈论薄脆饼了，问题是你占了我在斯利姆床上的位置。"

"天啊，你是说……"

"是的，牧场治安长官需要一个舒适的夜间睡眠。"

"嗯，这里有很大的空间，也许我们两个都可以待在这里。我保证安分守己。"

我思考了一会儿。"我认为这行得通，我们可以蜷缩在床尾②。"

我听到他咯咯地笑了起来。"床脚，这是一个有趣的说法。"

---

① 此处汉克说的是waif（流浪者），而卓沃尔将它误听为wafer（薄脆饼）。

② the foot of the bed指"床的尾端"，而卓沃尔却从字面上理解为"床脚"。

"怎么有趣了？"

"嗯，一张床如果没有腿，怎么会有脚？"

"卓沃尔，如果一张床有脚，它就必定有腿。"

"它在哪里？"

"我不知道，也不关心。你想要说什么？"

"嗯，一张桌子有四条腿，但没有脚；一张床有一只脚，但却没有腿。无论如何，这没有道理。"

"看，伙计，你要么去找有道理的事，要么就在床上睡觉。你想选哪一个？"

"嗯……睡觉，我想，不过我仍然要说……"

"嘘，闭嘴，去睡觉。"

哇噢，他终于闭上了嘴。我蜷缩在床"脚"，开始……你们知道吗？我无法入睡——因为我无法停止思考卓沃尔那个荒谬的问题：一张床怎么会有脚呢，如果它没有一条用来支撑的腿？

你们看看他都对我干了些什么？在我内心的最深处，我不在乎，不过，我无法潜逃一个蜡烛芯，并且……淹没雁叫声斯尼克弗瑞兹呼呼呼呼呼……

# 第二章

# 斯利姆小屋的清晨

好吧，也许我终于进入了梦乡，设法在斯利姆的床上睡了几个小时，这是每一条忠诚的狗梦想并且有权拥有的宁静睡眠。不过，档案上应当显示：我并不在乎一张床为什么有脚却没有腿。

我在天亮之后的某个时刻醒过来，抬起脑袋，向四周环视着。柔和的清晨光线从敞开的窗户外照射进来，我听到了窗外野火鸡咯咯的叫声，这是新的一天开始了的明确迹象。火鸡在清晨时分离开他们的栖息地，咯咯地叫着，喋喋不休，你们不知道吗？然后，他们开始工作，啄食草籽，追逐蚂蚱。

我张开嘴，卷起舌头，打算打个大大的哈欠，深深地吸一口新鲜的空气。就在这时，我注意到了一个男人的脑袋和脸，就在我的身边。我看得更仔细一些，辨别出了这个男人是谁。

那是斯利姆·常思，我的一位朋友。事实上，他是这张床的主人。

在他自己的床上看到他，我并不感到惊讶，不过，你们或许已经发觉了一条有趣的线索。我在他的脚边入睡，却在他的脸侧醒来。换句话说，在夜里的某个时候，这张床自己颠倒了一下。这真让人感到十分惊讶。

你们认为我早就应该注意到，我的意思是，斯利姆是一个相当高大的男人，并且……

等一下，这里还有一种解释，睡在主人的脸侧是一条忠诚的狗不假思索或者甚至可以说毫无察觉就会去做的事情。我的意思是，我们深深地关心着我们的主人，只想离他们更近一些。我们的关怀越深，就越想离他们更近。

而且柔软的枕头也相当舒适，嘿嘿。

问题是……嗯，我们的主人并不总是很喜欢一条狗睡在他的脸侧。我有一种感觉，当斯利姆发觉到我与他共用一个枕头时，他不会高兴的。还有，我们的确不需要他以半睡半醒与大喊大叫的状态来开始这崭新的一天。

换句话说，趁他还没有醒来并逮到我与他共枕一个枕头之前，我必须优雅地全身而退。

我开始悄悄地向后退，从枕头出发，经过他的胸腔、瘦骨嶙峋的膝盖，最后抵达了他的脚所在的地方。在那里，我用一只爪子拍了拍正在熟睡的卓沃尔的脑袋，轻声对他说："回到基地去！"

他向四周环视了一下，眨了眨眼睛，点了点头，与我一起滑下床脚，踮着脚尖穿过长长的走廊。当斯利姆两个小时之后在卧室里醒来时（这天是一个节假日，所以他睡到很晚），整个治安部门的成员正蜷缩着睡在破旧的地毯上。

嘿嘿，老斯利姆永远也不会怀疑任何一件事，尽管他的确嘀嘀咕咕地说着什么"睡得不好"之类的话，并且脖子也抽了筋。

清晨的第一件事情就是观察斯利姆的一举一动，这是相当有趣的。我的意思是，他就像一个近乎失明、半死不活的人在水下走路一样。他来了，穿着他的短裤与T恤衫，沿着走廊缓缓地过来，脚拖在地板上，左手摸索着走廊一侧的墙壁。他的眼圈周围红红的，眼睛半睁半闭着；他的头发垂下来挡在眼睛上，一侧的脸颊上面留有枕头的印迹。

他终于走到了起居室，不过，他没有同我们说话。在一天当中的这个时候，他很少说话。如果他想要与我们交流，他会发出咕咕哝哝的声音，不过在这天早上，他甚至没有咕哝着向我们打个招呼。

他光脚走过地板，一只手在身体前面摸索着，走进厨房。他径直向着那个会让他清醒过来的设备——放在煤气烹饪炉具上的一锅水——走过去。

绝大多数的人用咖啡壶或电子参滤壶……渗滤壶……那个词怎么说来的？渗滤壶，好了，就是它，用一只电子渗滤壶来煮咖啡。但斯利姆则不然，他对这些现代的设备嗤之以鼻，他用装满水的平底锅煮咖啡。

为什么？因为这就是牛仔的风格，他称之为"营火咖啡"，在一个正直的火焰上，煮出一锅正直的咖啡。

他用笨拙的、睡麻了的手指拧开煤气，划着一根火柴，将它伸到火炉前。火柴熄灭了，于是他又划着了一根，将它伸到平底锅下面。

这引起了一个小爆炸。看，如果你把一个炉灶打开十到十五秒钟，然后再加上一根燃着的火柴，煤气就会发出噗的一声！我怎么知道的？我看他这么做了上百次了，你们知道吗？这总是会引起小爆炸，而这爆炸总会让他吓一跳。

嗯，当点着火开始烧水之后，他开始在水槽上面的橱柜里摸索起来，直到找到昨天还用过的一大罐红色罐子的咖啡。这罐咖啡就放在架子上昨天放的同一个地方。

绝大多数的人会用量勺把磨碎的咖啡放进锅中，而斯利姆则是向锅里倒咖啡。有时候他倒一下就能达到正好的量，不过有时候，他要倒两次或三次。这一次，他倒了一下，又撒了两下，不过重要的事情是，即使是仍处在半睡半醒的状态，他的头脑中对倒多少咖啡也有一个正确的概念——他从不

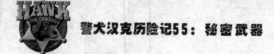

用量勺来做这件事。

倒完咖啡以后，他会进入到下一个阶段：等水烧开。这很有趣，因为他讨厌等水烧开。他站在那里，眨着睡意朦胧的眼睛，打着哈欠，拖着脚，晃动脑袋，低声自言自语。

过了一段时间以后，水嘶嘶地响起来，开了，令人兴奋的时刻来到了。现在，他能闻到咖啡的香气了。他的眼睛开始睁大了，他等待着、注视着，摇晃着平底锅。在恰到好处的时机，他把锅从炉具上端起来，把流动的液体倒进一只棕色的大杯中。

他把杯子端到鼻子下面，使劲地闻着，啧啧有声地喝下第一口，然后吼道："哦，是的，就是这样！让这一天开始吧！"这时，他吐出了一些咖啡渣，准备面对这个世界了。

此刻，他的步伐迈得有力多了，走起路来不再倚靠墙壁了。他走进起居室里，向我们说了第一句话："狗狗们，房子的主人驾到。"

我与卓沃尔交换了一下眼神。我们应该怎么办？

"你们两个可以表现得更兴奋一些。"

我在地板上拍打着尾巴，卓沃尔则摆动着他的秃尾巴。如果斯利姆还有更高的期望……嗯，那就太糟糕了。

他皱起了眉头。"如今的男人得不到一点儿尊重，即使从他的狗那里也是如此。"他又喝了一大口咖啡。"嗨，今天是七月四日，我一整天都休息，我可以做任何我想要做的事情。你们知道我想要做什么吗？"

他似乎在对我说话，于是我用我的尾巴发报键敲出了一个答复："不知道。你想要做什么？"

他眨了一下眼睛。"我想要像一个有钱的名人那样过一整天。我打算穿着睡衣坐在门廊上，喝着咖啡，悠闲度过一天。你们认为这怎么样，小狗们？"

我敲出了另一个答复："听起来很令人兴奋。毫无疑问，你会需要我们的帮助，所以我们会跟你在一起。"

"来吧，我正要给你们看看，当你变得有钱有势的时候，应该如何举止。"他为我们推开纱门，我们都走到了门廊上。

这算不上什么了不起的门廊，因为……嗯，这不是一座了不起的房子。不过，这个门廊上能看到美丽的溪边景色，并且它的地方也足够大，能够容得下一个男人、两条狗和两把椅子。斯利姆重重地坐在一把椅子上，啧啧地喝着咖啡，注视着房子面前的一片小小的世界。

"狗狗们，生活不能比这更美好了——穿着你的睡衣坐在门廊上，喝着咖啡，聆听着小鸟的叫声。嗨，这是一个牛仔的梦想。"他思考了片刻，"你们知道，人们可以为此作一首歌。如果我给你们唱一首歌，你们认为怎么样？你们想要听吗？"

我目瞪口呆。又一首粗俗的歌曲？

我们曾经讨论过斯利姆的歌曲，是不是？我确信我们曾经讨论过，因为这种事情以前曾经发生过。看，他创作出了一些愚蠢的歌曲，而且，你们认为谁必须得聆听？

是我们，他的狗。我的意思是，我们努力而勤奋，想要做好我们的工作，并成为忠实的朋友。不过，可怕的事实是：我们不喜欢他的音乐。这我早就说过了。他是一个善良的男人，不过，如果我们可以不用去听他可悲的歌曲，我们的生活就会变得完美。

我向卓沃尔瞥了一眼，看到他的脸上挂着一副痛苦的表情。他轻声说：

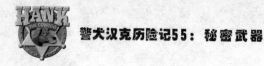

"我想我们无法脱身了。"

"我想还有机会。让我看看我们是否能从这里溜走。"

卓沃尔咧嘴笑起来。"我从没想过这招，也许他不会注意到的。"

"嘘，我们必须像一只老鼠一样悄无声息。"

"是的，或者是两只老鼠，因为我们是两条狗。"

"说得好，我们要像两只老鼠一样悄无声息。"

我们没有发出一丝声响，从门廊上抬起各自的身体，开始从那个打算用他所谓的音乐来破坏清晨寂静的家伙身边溜走。如果我们能够走到门廊的台阶上，我们就可以让自己溜到雪松灌木丛中，消失得无影无踪，而不发出……

"嗨！回到这里来！"

我们在原地僵住了，距离通往自由的第一级台阶只有几英寸之遥。卓沃尔把目光转向我。"啊噢，我们现在应该怎么办？"

"我们被抓住了，我们必须面对他的音乐了。让我们硬着头皮听下去吧，努力让自己看起来职业一些。"

我们把头昂起一个职业的角度，大步走回到斯利姆的椅子前，注视着他的眼睛。他板着脸——你们看不到吗——抱怨着说："你们想去哪里？你们没听到我说的话吗？"

我启动了缓慢而困惑的摇尾巴程序，似乎在说："哦，你说了什么吗？天啊，我想我们没有听到。"

"我打算唱一首歌。"

费了很大的劲，我把摇尾巴程序变成了"哦，天啊"的程序。在我右侧，卓沃尔摆动着他的秃尾巴。我们两个的脸上都挂出一副我们称之为全神贯注的表情。

斯利姆飞快跑回房子里，出来的时候，手中拿着他的五弦琴。不论喜欢还是不喜欢，我们都要听他的歌曲了。

# 第三章

斯利姆穿着短裤坐在门廊上

斯利姆买了一把五弦琴，正在学习弹奏，我提过这件事吗？这是真的。这是因为他的女朋友维奥拉小姐买过一把曼陀林琴，她认为如果他们偶尔聚在一起演奏音乐会是一件很有趣的事情。

维奥拉是一位相当出色的音乐家。斯利姆则是……我怎么说好呢？他努力过了，他真的很努力，有时候他的琴声听起来还可以。不过，在他掌握蓝草风格的弹奏技巧之前，他还要努力地练习。

总之，我们爬回到了门廊上。斯利姆微笑起来："这就对了。坐下。"我们坐了下来。"请注意，这是一个特例。我在清晨这么早起来唱歌的时候可不多。"

我迅速地瞥了卓沃尔一眼。他正鼓起勇气，我也一样。

斯利姆继续说："现在，你们都假装你们此刻正置身于纽约的谷物蛋形音乐厅中。你们都身着盛装：穿着燕尾服，系着黑领带，戴着高帽子。"

我的天啊。

"你们坐在巨大的观众席上。看，这里被人们挤得水泄不通。那些人用一百美金买一张票，只为了聆听来自得克萨斯州潘汉德尔地区引起轰动的音乐。"

这太幼稚了。我简直无法相信他有这样的妄想。

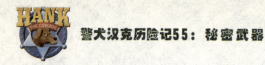

他站了起来。"他们关掉了厅内的灯光，整个音乐厅变得黑暗起来。一束聚光灯照在舞台上，一万名观众屏住了呼吸，我的意思是，没有人说一句话。然后……"他伸开一只手臂，将它缓缓扬起"……大幕升起来了，他出现了！斯利姆·常思，来自狼溪的牛仔音乐家！他穿着一件波特·华格纳[①]式的外套，外套上面到处是闪闪发光的亮片。你们管它叫什么来着？"

我们应该跟着他一起犯傻吗？

"亮晶晶的小东西，或者闪光的小金属片？就是那些在聚光灯下会一闪一闪的东西。看，这说明这个老男孩可不是刚刚从装芜箐甘蓝的卡车上跳下来的。他是一个大明星，整个音乐厅为他而疯狂。他们全都站了起来，拍着手，狂热地叫喊着他的名字。"

现在去抓跳蚤的时机显然不合适。不过，就在这个关键时刻，我左侧的腋窝处有跳蚤在咬我，我必须对此做些什么。我抬起我的左后腿，开始狂抓起来。

斯利姆恶狠狠地瞪了我一眼。"嗨！安静坐会儿，集中起注意力，我们马上就要进行到精彩的部分了。"

抱歉。

"你和一只山羊一样没有礼貌。"

我说过我很抱歉了。

斯利姆回到了他小小的舞台艺术当中。"好吧，狗狗们。整整一分钟，观众们一直在拍手，在欢呼。然后，大厅里变得安静起来，每个人都坐下来。那位大明星注视着台下的人群说：'非常感谢你们，现在，我将要为你们献上一首发自我内心深处的歌曲，它是我自己创作的，我想要把它献给我

---

① 波特·华格纳：老牌乡村歌手。

得克萨斯州的妈妈。'"

我的天啊!

说着,斯利姆·常思坐在他的椅子上,把五弦琴放在他的膝盖上面,放声歌唱起来——他没有穿什么有着闪闪发亮的金属片的衣服,只穿着一件短裤和一件T恤衫;没有什么观众聆听他的歌曲,只有两只逃不掉的狗。下面就是他唱的歌,没准你们会对它感兴趣。

### 穿着我的短裤坐在门廊上

穿着我的短裤坐在门廊上,

穿着我的睡衣在户外度过悠闲的时光。

穿着我的短裤坐在门廊上,

除了这里谁还想去别的什么地方?

一个男人的家就是他的城堡,

让他逃离工作的压力、抱怨的老板,

不用去解决牧场上一个又一个的混乱。

如果你方法正确,工作就没有问题,

不过千万不要在工作中沉迷。

当悠闲的时间来到时,认真地对待它,

早早开始一天的悠闲时光。

穿着我的短裤坐在门廊上,

穿着我的睡衣在户外度过悠闲的时光。

穿着我的短裤坐在门廊上，

除了这里谁还想去别的什么地方？


如果我是康门多尔·范德比尔特，

手持所有那些铁路股票。

你认为我会拿起铁锤去敲凿岩石吗？

当然不会，我会坐在比尔特莫庄园的门廊上，

聆听青蛙的叫声。

把我瘦瘦的腿晒得黝黑，给我的狗狗唱歌。

我会唱……


穿着我的短裤坐在门廊上，

穿着我的睡衣在户外度过悠闲的时光。

穿着我的短裤坐在门廊上，

除了这里谁还想去别的什么地方？


穿着我的短裤坐在门廊上，

穿着我的睡衣在户外度过悠闲的时光。

穿着我的短裤坐在门廊上，

谁还想去别的什么地方？


谁还想去别的什么地方？

我只想坐在我的门廊上。

你们能相信一个成年男人会做出这种事情吗？我认为这是非常怪异的。不过很久以前我就学会了保留自己的观点。这些人不想知道他们的狗是怎么想的——关于音乐或者其他任何事情。我们做我们应该做的事来保住我们的饭碗，有时候，这种处境令我们相当尴尬。

不过，这个故事有一个好笑的情节。看，老斯利姆以为这里只有他一个人，最近的邻居距离他的住所也有两英里之遥，于是他演唱了一首可笑的小歌曲。

嘿嘿，愚蠢的男人。看，在他的歌唱到一半时，我听到了一辆汽车停在了他的房子后面，然后是车门砰的一声关上的声音。老斯利姆当时正站在纽约的舞台上表演，没有听到任何声响。

而且他也没有看到那个访客向房子这边走过来。我看到了。我本可以吠叫几声，向他发出警告，不过，我决定……何必费事呢？如果这些人不愿意聆听他们狗的心声，他们就应该自己承担后果。

你们想猜猜来的人是谁吗？嘿嘿。是来自奥希尔特里县治安部的博比·凯尔副警长，一位非常重要的人物。如果你想出丑，你恐怕也不想当着一位副警长的面。

他向房子走过来。当他看到正在上演的好戏时，他停下了脚步，聆听着这首歌。他的脸上露出了你们预料中的表情，他无法相信自己亲眼看到的和听到的东西。然后，一个恶意的微笑掠过他的嘴角，他蹑手蹑脚地走回到了他的车子。

现在，真正有趣的时刻到来了。当斯利姆唱完了歌以后，他微笑地看着我们这两条狗，鞠了一躬，说："你们认为这首歌怎么样，呃？这难道不是你们听过的最可爱的歌曲……"

就在这时，沉寂的氛围被一阵响亮刺耳的警笛声打破了。

这真令人震惊。斯利姆·常思看起来就像是在倒车时撞上了电网。所有的血液都从他的脸上流失了，他的眼睛一下子睁得圆圆的。他转过身，看到一个穿制服的男人向房子这边走过来。就在这时，他的嘴里发出了一串含糊不清的声音。我认为他说的是："噢，我的天啊！"

当他认出来人是副警长凯尔之后，他缩进了椅子里，用呆滞的眼睛直勾勾地盯着副警长。副警长把穿靴子的脚踏上门廊，仰头看着天空说："早上好，斯利姆。"斯利姆没有说话。"你一直这么生活的吗？"

斯利姆的目光在副警长的身上打着转。"博比，这不好笑。你的那个警笛差点儿把我的心脏病吓出来了。"

副警长哈哈大笑了足有一分钟，而斯利姆的脸色则变成了紫红色。终于，副警长能够开口说话了："抱歉，我实在是忍不住。"他又发出了一串大笑，摇摇晃晃地走过门廊，在斯利姆身边的另一张椅子上坐了下来。

斯利姆不高兴地看着他。"嗯，我希望你喜欢它。你刚刚毁掉了我整整一个星期的好心情。"

"你在给小狗们唱歌吗？"

斯利姆摆出了一个僵硬的姿势。"我当然是在给小狗们唱歌，这也不是第一次了。这里是美国，任何人如果想要给他的小狗们唱歌，他就可以这样做。"

副警长点了点头，仍然面带微笑。

"每一个爱国的美国人都应该在七月四日这一天穿着睡衣坐在户外，给他的小狗们唱歌。这有助于让我们回想起来，我们为什么要与英国人打那场仗。"

"我原以为这一天与课税有关。"

"嗯，课税只是其中的一个内容。不过，更重要的事情是一个男人穿着他的短裤在自己的房子周围走来走去的权利……"斯利姆用他的眼睛恶狠狠地瞪着副警长。"……而不必理会一个从镇上偷偷摸摸跑过来的爱管闲事的家伙和他那让人神经崩溃的警笛！"

副警长凯尔大笑起来。"你说完了吗？"

"暂时说完了。"

"你准备好听听发生什么事了吗？"

"我想那个警笛毁掉了我的听力。"

"好吧，不管怎么样，听着。"副警长的笑容消失了，换上了一副严肃的表情。"两天前，一个男人走进特威切尔市的一家杂货店。他用皮带拴着一只宠物臭鼬，手中拿着一个纸袋。他走到收银员面前，递给她一张纸条，上面写着'给我五磅香肠，否则我的臭鼬就会在你的店里放毒气。'"

斯利姆盯着他。"这是开玩笑的吗？"

副警长摇了摇头。"不是。不过那个收银员认为这是一个玩笑。看他没有离开的意思，她就想要报警。"副警长向四周环视了一眼。"你还有咖啡吗？"

"没有。快点儿把故事讲完，你吊起了我的胃口。"

"往我的咖啡里加点奶油和糖。"

斯利姆从椅子上站起来，发着牢骚。"你从来都是一个烦人的家伙。"他手中拿着五弦琴，匆忙地走进房子里（匆忙对斯利姆来说，是一个新鲜玩意儿），几分钟之后出来时，五弦琴不见了，他穿上了浴袍，端着一杯咖啡。

副警长凯尔点头表示感谢，然后向杯子里看了一眼。"怎么没有奶油和糖？"

斯利姆扑通一声坐到椅子上。"奶牛生病了，我们的蔗糖也减产了。快讲完你的故事，我急得要命。"

副警长喝了一小口咖啡，皱了皱眉头。"这是咖啡还是洗碗水？"

"这是牛仔的咖啡，你可以不喝。那个杂货店发生什么事了？"

副警长又喝了一小口，苦着脸，继续讲他的故事了。等着听这个故事吧，你们不会相信的。

# 第四章

# 强盗

如果你们还记得，副警长凯尔正在给斯利姆讲述特威切尔市一个强盗的故事。下面就是这个故事接下来的部分。

"那个男人没有虚张声势，那个臭鼬也不是一个摆设。当收银员伸手拿电话时，那个男人吹了一声尖锐的口哨。那只臭鼬用前腿跳起来，抬起他的尾巴，开火了。"

斯利姆皱起了眉头。"等一下，难以置信，你说那个男人训练了一只能听命令放毒气的臭鼬？"

副警长严肃地点了一下头。

"我从来没听说过这种事。"

"嗯，你信或不信，我都不在乎。"

斯利姆摸着自己的下巴。"他吹了一声口哨，然后臭鼬就开始放毒气？"

副警长点了点头。"是这样的，正如你猜测的那样。臭鼬对杂货店来说可不是什么好东西，简直糟糕透了。他们那一天不得不关门。"

"嗯，那个坏家伙怎样了？"

"他从纸袋里拿出来一个防毒面具，把它戴在了脸上。趁着一片慌乱之际，溜走了。没有人知道他是谁，或者他去了哪里。他没有得到香肠，不过他毁了那家店。那家店的经理想要抓住他……昨天。"

斯利姆讥笑道："如果你抓到了那个家伙，你起诉他什么？试图用一只臭鼬来进行抢劫？"

副警长哈哈大笑。"我不知道我们会如何处理这种起诉，不过我们会因为他毁坏了财物而对他进行严惩。这个事情很滑稽，不过，代价可不低。"

斯利姆靠在了他的椅背上，陷入了沉思中。"所以，一个男人想用一只臭鼬抢劫特威切尔市的一家杂货店……而你此刻正坐在我的门廊上，给我讲这个故事。这两者有什么关联吗？"

副警长从椅子上站了起来，走到门廊边上。他指着门廊下面的一些绿色植物问："这些是野草，还是花？"

"是野草。这儿有许多野草。"

副警长把他的咖啡倒在了那丛野草上。"这些野草没有你想象的那么多。这东西应该能够除掉它们。"

他坐回到椅子上，从他衬衫的口袋里拿出了一张纸。那是一张地图。他展开地图，指给斯利姆看。

"杂货店事件发生的第二天，一位利普斯科姆郡的牧场主报告说，有人闯进了他的房子，从冰箱里偷走了一些牛肉；接下来的一天，住在溪边的另一位牧场主也抱怨了同样的事情，只是这一次他丢的东西是罐装食物；再接下来的一天，同样的事情发生在……这里，这里，还有这里。"他用手指在地图上轻扣着，三次。

斯利姆眯起眼睛看着地图。"呃，他似乎向这里过来了。"

"是的，我有一种预感，这个不法之徒徒步走在这个空旷的牧场乡村里，靠着能偷到手的农畜产品为生。他似乎沿着小溪向东边走来了，我猜他

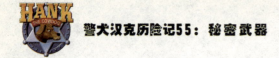

把那只臭鼬拴在一根皮带上。如果他按照这个规律走下去，他应该会在这儿附近露面。"

斯利姆的眉毛挑了起来。"呃，嗯，感谢你的提醒。我会警惕的。"

副警长的表情变得阴暗起来。他压低了声音说："斯利姆，如果他在你的门口出现，我想让你这么做：给他一杯你冲的咖啡，再打电话叫来救护车。如果他能活下来，我就会把他扔进监狱里。"

他一边对自己的笑话咯咯地笑起来，一边向着他的汽车走过去。斯利姆在椅子上转过身来说："博比，这个笑话没有你想象的那样好笑。"

副警长挥了挥手。"说真的，睁大你的眼睛。如果看到有什么可疑的事情，立刻打电话。"

斯利姆把一只手作喇叭状放在嘴边，叫喊着："我可能会起诉你，你的警笛震聋了我的耳朵，我的律师很快就会与你联系。"

副警长爬进汽车里，最后按了一下警笛，然后把车开走了。斯利姆坐回到他的椅子上，低头看着我俩。"他太爱大惊小怪了，不适合当一名治安官。"他喝了一大口咖啡，吐出了一些咖啡渣。"你知道，他说对了，这咖啡不是我最好的……"

他没有说完这句话，因为就在这时，房间里的电话铃响了。他听到了，但他没有起身。相反，他向空中挥了挥手，嘟囔着说："我不想接这个电话，不管是谁打来的。"电话铃继续响着，斯利姆深深地靠进椅子里，双手在胸前交叠在一起。"我不是接电话的奴隶，继续，尽管响吧。"

嗯，我无所谓。电话铃停下来了，我在门廊上舒展着身体，准备好好地来一个小……电话铃又开始响了。我坐了起来，向斯利姆瞥了一眼。

他叹了一口气。"一定是鲁普尔，他知道我在这里，他不会罢休的。"

他从椅子上站了起来，向房门走过去。

我和卓沃尔也跳了起来，跟在他的后面。我的意思是，很显然，他需要来自治安部门的一些帮助，而我们很乐意给他提供帮助。

斯利姆的脑子里在想别的事情，没有开着纱门等我们。不过我们快步赶到那里，设法在那扇纱门砰的一声关上之前，钻过了那道门缝。

他光着脚大踏步地穿过起居室，抓起了电话。

"嗨，是的。我猜就是你。因为我想不出我还愿意和谁交谈，现在仍然想不出来。什么？嗯，如果你想听真话，我原计划一整天都在门廊上悠闲度过。不过，谢谢你的邀请，再见。"

他挂断了电话，转身面向我俩。"鲁普尔与萨莉·梅打算搞一次美国独立纪念日野餐。"

野餐？嗨，这是一个很棒的消息！

"我不想去，太麻烦了。"

他再次向门廊走过去，于是我们不得不在纱门砰的一声关上之前，再次从门缝里钻出来。这一次他注意到了我们，他说："你们一直在跟着我转悠？"

嗯，是的，这是狗应该做的事情。如果我们是普通的懒惰的狗，我们就不会辛辛苦苦地这样做了。他是一个走运的男人，拥有两条关心他的狗。

他重重地坐回到椅子上。"嗯，现在我们可以回到美好的生活当中了。"他把两只脚搭在栏杆上，哼起了刚才的那首歌。

穿着我的短裤坐在门廊上，
穿着我的睡衣在户外度过悠闲的时光。

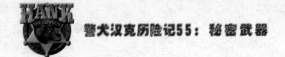

穿着我的短裤坐在门廊上，

谁还想去别的什么地方？

是的，先生，这里有一个快乐的男人，正做着他最擅长并且最喜欢做的事情（虚度光阴）。他肯定在那里坐了一个多小时。太阳从溪流沿岸的树梢上面升了起来，气温升高了，苍蝇围着我们的耳朵嗡嗡地叫着。我和卓沃尔发现让我们的眼睛保持睁开的状态越来越难，最后，我们……进入了睡梦当中……呼呼呼呼。

我被斯利姆的声音吵醒了。"你们知道，这并不像我想象的那样有意思。事实上，我感到有些无聊。"

我和卓沃尔眨了眨眼睛，打了个哈欠。说得好。我不想再多说些什么了，不过，是的，与斯利姆在门廊上消磨时间，不是一件令人兴奋的事。

他从椅子上站了起来。"天啊，我想去参加野餐了，我甚至想要洗个澡。"他向着前门走过去。我和卓沃尔跳了起来，跟在他的身后。他穿过了那道纱门，然后把它关上。他回过头来隔着纱门看着我们说："不要再跟着我转悠了，扰得我心烦。"他消失在房子里面了。

我看着卓沃尔。"我们让他心烦？这难道就是我们作为忠诚的狗应该得到的感谢吗？"

卓沃尔的声音中有一丝颤抖。"是啊，他的咖啡煮得很糟糕又不是我们的错。"

"说得没错，不过你知道谁总是受到责备吗？狗。这种事情已经持续很多年了，卓沃尔，有时候我很奇怪我们怎么受得了。如果这些人能在身边没有狗的情况下过几天，也许他们就会感激我们做过的所有事情了。"

"是的,我们应该离开这座房子。"

"也许吧。"

"这会让他得到一个教训。"

"的确会的。你认为我们应该离开,不去做这份工作,用强硬的手段让他接受教训吗?"

"是的,我们就这么做吧。这会让他罪有应得。"

"那么,就这么定了,让我们罢工吧!"

我们离开了门廊,沿着走道大踏步地向前走。漫长旅途的第一步虽然迈出去了,但我们不知道应该去向哪里。当我们走到庭院的门口时,卓沃尔停下了脚步,向四周环视了一眼。"不过,你知道,天有点儿热。"

"的确,可不是吗?"

"是的,也许我们应该等凉爽的日子再离开。"

我思索了片刻。"也许最好等一等。"

"是啊,你知道,十月经常在不知不觉中就来临了。"

"对极了,好吧,这次我们暂且放他一马吧。"我们又走回到门廊上,重重地倒下来。"斯利姆根本不知道他差一点儿就失去了整个牧场治安部门。"

"是的,他冒了一个险,把我们留在外面这个酷热的天气中。"卓沃尔沉默了片刻。"你认为房子里会凉爽一些吗?"

"哦,当然。"

"我们为什么不进去呢?"

我注视着这个小矮子。"因为我们进不去。他把我们关在外面了。他不想与我们一起待在他的房子里。"

一丝微笑掠过他的嘴角。"是的，不过我知道一个窍门。"

我无法想象他头脑中的"窍门"是什么。事实上，如果他学会了什么窍门，这才是本星期最大的新闻呢。我跟着他走到纱门前，注视着。

他用左前爪钩住纱门的底边，猛地一拽，门开了很宽的一道缝。足够他从门缝里钻进去。进到房子里以后，他隔着纱门向我咧嘴笑起来。"你认为怎么样？"

我花了半天的时间才从震惊中恢复过来。"你什么时候学会这招的？"

"哦，几个星期以前。我一直在练习。"

"这看起来没有那么难。我的意思是，你只要用爪子钩住门的底边，拉一下就行，是不是？"

"是的，任何一条狗都能做到。"

"这正是我的观点。向后退，我要进去了。"

说着……嗯，你们会看到的，这不像你们想象的那样容易。

# 第五章

# 斯利姆
## 去野餐

我走到纱门前，用我的左前爪钩住门的底边，用力地一……

梆！

在纱门的另一侧，卓沃尔摇了摇头。"不对，如果你把脸闪开一点，一定能成功的。"

我揉了揉鼻子，隔着纱门瞪了他一眼。"卓沃尔，这么明显的事就不用说了，这只是一个练习，看看这个。"我用爪子钩住门的底边，猛地一……

梆！

卓沃尔再次摇了摇头。"不对，你必须把鼻子闪开。"

"不要告诉我怎么做！这是一扇愚蠢的门。就这样，向后退。"

梆！

我的鼻子很痛，我的眼睛泪汪汪的。在让人心跳加速的片刻时间里，我思考着把这扇门从合页上拆下来。我的意思是，这真令人沮丧……我做了几次深呼吸，想要让自己野蛮的本性平静下来。"好吧，我有一个更好的主意。你把门打开。"

"嗯，我想我做不到。"

"你当然能做到，你已经这样做过一次了。"

"是的，不过那是在外面，在门廊上。当你在里面做这件事情时，一切

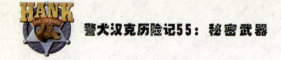

都是相反的。看，如果你从里面拉一下，你就会把门关紧。"

"那么就推一下，你想过这一招吗？如果每件事都是相反的，那么你往相反的方向使劲儿就行了。"

他的眼睛转动着。"嗯……门的相反方向是窗户，我认为我打不开一扇窗户。"

"卓沃尔，我是你的司令长官，我在外面热得要命。推开门，让我进去！"噗的一声，那个小笨蛋在我的眼皮底下消失不见了。"卓沃尔，回来！你听到我的话了吗？"我竖起了耳朵聆听着，没有回应。"卓沃尔，回到这里来，打开门！"

我能听到斯利姆在他的浴缸里唱歌，不过却没有听到卓沃尔那个卑鄙家伙从房子里传出来的任何声响。我决定试一下怀柔政策。

"好吧，卓沃尔，你已经享受过了你小小的叛逆时刻。我确信你很喜欢它。现在，是解决这件事情，并让我们的生活继续前进的时候了。"他没有过来。于是我叫喊起来："卓沃尔，如果我数到三的时候，你还没有到前门这里报到，你就会被送上军事法庭，被丢去喂秃鹰！一！二！三！"

我眯起了眼睛，透过纱门向里张望。没有动静。嗯，这个违抗命令的小坏蛋让我别无选择。我冲着纱门发出三声严厉的咆哮，胜利地大步走开，在门廊上继续睡我的觉。

正如我所说的，这是一扇愚蠢的门，对此我们没有多少事情可做……呸。

我睡了一个好觉，斯利姆也洗了一个好澡。他不是那种经常泡在浴缸里的男人，不过，一旦他进入到浴缸里之后，他就会在里面待上很长时间。我不知道他的浴缸里是否有橡皮鸭或玩具舟，不过，一定有什么东西让他耽搁在那里了。

哦，是的，他在唱歌。他唱了斯利姆·怀德曼、鲍勃·威尔斯与帕特森·克林的每张专辑上的每一首歌。幸运的是，他唱的大多数歌都不影响我入睡。最后，我被他在房子里跺脚的声音吵醒了。我冲到纱门那里，面朝房子坐下来，摆出了一个我们称之为"我一直在等待你"的姿势。

他走到门前，看到了我。我的天啊，他简直像变了一个人。他洗过了澡、梳过了头发，穿上了一件干净的衬衫、一条干净的牛仔裤、一双去城里才会穿的擦得锃亮的皮靴，还戴了一顶新草帽。他说："你一直在这里？"

哦，是的，这一点毫无疑问。一条狗生活的重心就是等待他的主人。

"嗯，你认为怎么样？"他咧嘴笑起来，转了一个身，就好像他……我不知道，在展示他的新衣服，我猜。"老斯利姆焕然一新，是不是？嘿，维奥拉小姐或许也会参加野餐。看，一个男人想要表现出他最好的一面。"他的笑容消失了。"喂，当我离开的时候，这里就剩下你们两个新兵看守了。秃尾巴在哪里？"

我看了他一眼说："我们狗永远都不会背叛朋友，不过……他躲进你的房子里面去了！"

斯利姆的脸皱成一团，他嘟囔着说："我怀疑……"他消失在房子里面，然后我听到了他的声音："从床底下滚出来！去，去！"片刻之后，卓沃尔从门里飞了出来。我用谴责的目光瞪着他。

他低下了头，垂下了尾巴，开始抽泣起来。"天啊，我做错什么了？"

我走到他的面前。"破门而入，不听话，违抗命令，抛弃了一位伙伴，未经允许藏到了床底下，哦，还有，在一位高级长官面前炫耀。"

"是的，不过我并没有想炫耀，我说的是真的。"

"嗯，你炫耀了。你不仅凭自己的能力打开了那扇门，当你的司令长官

尝试了三次并且都以失败告终之际，你还站在那里，看着这一切！你认为这件事对整个军队的士气有多大的影响？"

"嗯，我没有想过这些。"

"你是没想过，因为你是一个自私自利的小讨厌鬼。卓沃尔，我们应该重重地处罚你。"

"我认为这个窍门挺管用的。"

"这个窍门当然管用，这就是整个问题的关键。你可以整天使用一些不管用的窍门，没有人在乎。不过，带来损害的都是那些管用的窍门。"

他垂下了头。"抱歉。"

"你真的感到抱歉吗？这是发自你心底的吗？"

他咧嘴笑起来。"不全是。"

"我也是这样想的。把你的鼻子对着墙角，去站着！快！"

他向四周环视了一眼。"嗯，在门廊上没有墙角。"

我用目光扫视着这个门廊。唔，他说得对。"好吧，那么就把你的鼻子对着房子。快点儿！"

他呻吟着，哀鸣着，但我不为之所动。我的心已经变成了石头。的确，如果我们不花些时间教导下属如何行动，他们就会在不知不觉之中放肆起来……一些事……所有的事都会变得不可收拾。

我不喜欢当一个冷酷无情的家伙，不过，如果没有秩序、纪律与尊敬，你就不能管理好一个治安部门。

他站在那里，鼻子对着房子，而我则坐在门前，等待着斯利姆的出现。片刻之后，他愉快地从房子里走出……梆！

"让开路，你这个家伙，我要出去。"

　　这扇门是怎么回事？它讨厌狗吗？在过去的一个小时之内，我被撞了四次，并且它撞我没有任何理由。我打算……哦，算了，需要等一等再维护正义了，斯利姆已经邀请我们去参加野餐了。

　　好吧，确切地说，他并没有邀请我们，不过我相当确信他想要我们参加。如果没有狗，还叫什么野餐，是不是？

　　我对那个囚徒说："好吧，卓沃尔，我打算让你假释了，不过，如果你再犯一个错误，你就会再回到监狱里。"

　　他的脸上露出了微笑。"哦，太好啦，所以我是一条自由的狗了？"

　　我们向院门口跑过去。"暂时是的，快点儿跑。斯利姆等着带我们……"小货车从房前开走了，我目瞪口呆。"什么？他没带我们就离开了？这一定是一个误会。"

　　"也许他只是去邮筒那里。"

　　我思索了一下。"当然，我为什么没有想到这一点呢？他去查看邮件了，他很快就会回来。"

　　我们坐下来，等待着，等待着。然后卓沃尔说："你知道吗？我认为他不会回来了。"

　　"别犯傻了，他不敢……"就在这时，我敏锐的目光在马鞍棚那里捕捉到了一个活动的身影。我把脑袋转过去，仔细地看了一眼。"哦，他在马鞍棚那里。看到没有？"

　　卓沃尔朝着马鞍棚眯起了眼睛。"哦，是的，他在那里。我猜你是对的，他回来接我们了。"

　　"嘿，我非常了解他，卓沃尔。他会斥责我们，恐吓我们，不过，当需要参加野餐的时候，他会想到带上他的狗的。"

"我很奇怪他对那辆小货车做了什么。"

"哪辆小货车？"

"是的，当他离开的时候，他开着一辆小货车，现在却看不到小货车了。"

我把我的"视觉扫描仪"转向北方，调整了一下焦距。一个男人刚刚从斯利姆存放马鞍和马饲料的小木棚里走了出来。"说得好，小伙子，我也没看到他的小货车。所以让我们在这里侦查案件吧。"

"哦，天啊，这会很有趣。"

"他开车去郡县公路上查看邮件，然后那辆小货车抛锚了。"

卓沃尔点点头。"是的，他不得不从邮筒那里走回来。"

"说得没错。他一直说他的那辆小货车简直就是一个垃圾。"

"是的，现在他不得不步行去参加野餐了。天啊，他会发疯的……"卓沃尔眯起了眼睛。"我不知道他戴了一顶棒球帽。"

"他没有。事实上，他戴了一顶崭新的草帽。"

"嗯，他现在戴着一顶棒球帽了。"

"不可能。"我更仔细地看了一眼，他正向房子这边走过来。"唔，这很奇怪，他戴着一顶棒球帽。好吧，让我们看看我们是否能解释这件事。他认为草帽太热了，于是他换了一顶帽子。"

"是的，还有，你知道吗？他也换了衣服。"

"胡说，他永远也不会费那种事的。"我打量着那个男人，"唔，好吧，我们又得到了一条线索。他换了衣服，我们不知道为什么。"

"是的，不过……"突然之间，那个小矮子躲到了我的身后，"汉克，我认为那不是斯利姆。"

"什么？卓沃尔，有时候你会说出一些相当荒唐的话来。那当然是斯利姆，除了他还会是……"我再次注视着那个男人，呃？"卓沃尔，我不想吓你，不过那个人确实不是斯利姆。"

"是的，我正是这样说的。"

"不要与我争辩。他不是斯利姆。他太矮了，还留着长头发，并且……"我，呃，躲到了卓沃尔的身后。"士兵，我们这个地方出现了一个陌生人。也许你最好跑过去冲他吠叫几声。你认为怎么样？"

他用空洞的眼神看着我。"我！你疯了吗？你才是牧场治安长官。"

"嗯，当然，不过……"我的大脑在飞快地运转着。"好，我有计划了。我们把整个部队撤回到门廊上，在那里建立一道防御工事。如果他离开了，我们就不用吠叫了。如果他想要进到房子里，我们就用尽一切手段阻止他。你认为怎么样？"

嗖！卓沃尔已经向门廊跑过去，就像一颗小彗星，留下我一个人站在房子前，没有任何后备军。我转过身，启动了涡轮四挡，向门廊冲过去。

当我抵达那里的时候，卓沃尔已经躲到斯利姆的椅子后面了。"懦夫！从那把椅子后面滚出来。"他没有动，于是我做了任何一条正常的美国狗都会做的事情。我连推带挤，同他一起躲在了椅子后面。

在那里，在我们前线的散兵坑里，我们挤作一团，倾听着那个陌生人的脚步声。他正向房子这边走过来！

# 第六章

一个神秘
的访客

你们害怕吗？很好，因为我也害怕。任何一条狗都会害怕。我的意思是，斯利姆的房子距离最近的城镇有二十五英里之遥，在如此遥远的乡村，在晴朗的天气里，你能在远处看到的就是一片荒山野岭。这个地方很偏僻，因此斯利姆可以穿着他的睡衣坐在门廊上，唱一首粗俗的歌曲。

然而，一个陌生人出现了，正在向这座房子走过来！

因此，是的，我害怕了，我并不羞于承认这一点。不过卓沃尔的情形很糟糕，他害怕得要死，他的牙齿正在咯咯地打颤。"卓沃尔，表现得职业一点儿……别再让你的牙齿打颤了。"

"我忍……忍……忍不住。"

"你当然能忍住。把一只爪子塞进你的嘴里。"你们知道他干了什么吗？他用两只爪子捂住了眼睛。"卓沃尔，那是你的眼睛，不是你的嘴！"

"是的，不过如果我什么也看不到，也许我就不会如此害怕了。"

"好吧，你可以试一下。"

我把目光转回到那个陌生人身上。他走到院门前，停下了脚步。这给了我充足的时间来扫描他的脸，并把它放进数据控制中心巨大的脸谱数据库中进行检索。结果回来了，答案是否定的。在我们治安部门中没有人曾经见过这个家伙。

他向四周环视了一眼，大声喊道："喂！家里有人吗？"

卓沃尔开始抽搐和蠕动。"我们应该告诉他我们在这里吗？"

"嘘！绝对不要。我们或许需要出奇不意。"

"我需要的是勇气。"

"也许他会离开的。嘘。"

那个男人再次喊了起来。"我是从电力公司来的。我需要查一下你的电表。有人吗？"

我几乎由于欣慰而晕倒。"没有问题了，孩子。他是来查电表的。他们每个月都要来看一次。"

"如果他在电力公司工作，他为什么不穿制服呢？"

"因为……看，也许他的制服脏了。他没有穿一件脏衬衫过来，你不高兴吗？"

"我不在乎。我不喜欢他的样子。"

"卓沃尔，你一直都很怪异。他只是在做他的工作而已，我们最好友善一些，让我们走出去跟他打个招呼吧。"

"好吧，我会站在你的身后。"

必然明确指出，卓沃尔不仅站在我的身后，而且还站在了那把椅子的后面。换句话说，他根本就没有挪动，我不得不独自去迎接那个来查电表的男人。

我从椅子后面走出来，前后摇晃着我的尾巴。他看到了我，微笑起来。"哦，你在这里。我就知道你在这附近的什么地方。我是利兰，你还记得我吗？"

呃……不记得了。

"你不记得了？唉，我每个月都来一次的。"他穿过大门，向门廊的台阶走过来。在那里，他停住了脚步。"你现在记得我了吗？"

嗯……是的。也许，我的记忆力有一点儿模糊。

他晃了晃手指。"到这里来，我会给你一些糖吃。"

我向他走过去，他开始揉搓我的耳根。这让我感觉很舒服。我越来越喜欢这个家伙了。然后，他开始沿着我的脊背抓挠。哈哈，我猜你们都知道这会产生什么后果。突然之间，我的右后腿蜷缩起来，开始抽动。

这有些令人不可思议，怎么会这样。我不能说我理解其中的玄妙，但懂狗的人会这样做，真的很有趣儿。他挠我一下，我就会抽动一下，毫无疑问我们已经成为了好伙伴。

他哈哈大笑，在我的肋骨上拍了拍。"好了，我最好回去工作了。我会走进房子里，读一下电表，然后继续上路。在节假日里，工作真有点儿让人不快，不过，这就是我的工作。"

是的，我能理解在节假日里工作这件事。我自己就有一份这样的工作：从没有一天的休息时间，从没有片刻的休息时间。生活艰辛，我们必须在可能的地方给自己找一些小小的乐趣，而这些乐趣主要来源于我们做着正确的工作而产生的自豪感。

我的新朋友走上台阶，走进房子里。我大踏步地走到那把椅子前，低头瞪着……管他是谁，我的助手，他似乎从来不曾在我身边提供过帮助。

"好了，现在你怎么说？"

"他穿着一件皱巴巴的衬衫。"

"你怎么能这么说？"

"因为我看到了。看起来好像他睡觉时都穿着它。"

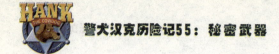

"天啊！就因为这一点而怀疑他吗？看，他是一位正在工作的男人。我们工作会把衣服弄脏，弄得皱巴巴的。有时间你真应该自己试一下。"

"他的眼神像蛇一样阴险。我不相信他。"

"卓沃尔，你的眼神最……阴险！我简直不敢相信你会说出这种话。"

我们听到从房子里面传出来乒乒乓乓的声音。自然而然地，卓沃尔又开始大惊小怪起来。"如果他在查电表，为什么要弄出这么大的动静？"

"因为……因为电表有时候很难找到。"

"是的，不过它就在谷仓旁边的电线杆上。"

"嗯，你说对了。他正在寻找它。"

卓沃尔向四周环视着。"不过，如果他是一个查电表的人，他怎么会不知道电表在哪里呢？"

我注视着他空洞的眼睛。"卓沃尔，这是你曾经问过的最愚蠢的问题。那个可怜的男人不得不在节假日工作。你所能做的就是……"

就在这时，门开了，利兰迈步走了出来。唔，真奇怪，他似乎拿着几包……那是冻牛肉吗？

他向我们微微一笑。"嗨，你们的电压很低，冰箱冷冻室不能正常运转。我打算把这些肉带回到公司，把它们放在冷冻室里。否则，在这种温度下它们就会坏掉。"他开始走下门廊的台阶。"我会在上午的时候给你的主人打电话，解释一下所有的事情。祝你们今天过得愉快。"

他迈着急促的步伐走过走道，走出了大门。

我转身面向卓沃尔。"阴险的眼睛，呃？卓沃尔，我真为你感到羞愧。"

他直勾勾地注视着前面，轻声说："汉克，你还记得副警长说过的话吗？"

"副警长？什么副警长？哦，他啊，我当然记得。他说斯利姆看起来很可笑，穿着内裤坐在门廊上。你知道吗？他说得对。"

"不，我是说……关于那个企图抢劫杂货店的男人？"

呃？

我仿佛被晴天霹雳击中了。突然之间我的大脑开始发蒙，我想我快要晕倒了。"我的天啊，天啊，你还记得那位副警长说的话吗？"

"那个窃贼从牧场的房子里偷食物。"

"是的，完全正确。"我向旁边踱开几步，努力控制住头脑中的眩晕。"卓沃尔，如果那只电表在电线杆上，他为什么要进到房子里面去呢？"

"嗯，我对此也感到怀疑。"

"还有，为什么一个查电表的男人从一座房子里走出来的时候，手中要抱着一捧冻牛肉呢？"

"我猜他不喜欢罐头鲭鱼。"

我转过身来，面对着我的助手。"你没弄明白吗？他和我们一样都不是查电表的人。他是一个坏人，他在我们的眼皮底下偷走了食物！"

"我认为是在你的眼皮底下。"

我开始来来回回地踱步，各种思绪、线索与想法一起涌进我的脑海里，就像一条湍急的河流。"卓沃尔，那家伙身上有什么地方让我觉得他信不过。"

"是的，那双眼睛很阴险。"

"他有一双阴险的眼睛，你注意到了吗？而且他穿着一件皱巴巴的衬衫，留着长长的、粗硬的头发。"

"是的，我一直在告诉你。"

我走回到他的身边，把我的鼻子戳到他的脸上。"如果你曾经想方设法要告诉我，那么，你为什么没有告诉我？"

"因为你从来都听不进去。"

有那么片刻我的心跳加速。我以为我会冲着他的脸大发雷霆，不过，我脑海里的一个声音告诉我成熟一些。"卓沃尔，我会假装没有听到这句话，不过，如果这种事情再次发生，我就不得不把它写进我的报告里了。"

"谢谢。我们现在怎么办？"

"这是一个很好的问题，我很高兴你提出问题。"我用一只爪子搂住他的肩膀。"卓沃尔，当斯利姆发现有人走进他的房子里偷走牛肉时，他会发火的。"

"是的，他可能会为此而责怪我们。"

"说得没错。这会有损我们治安部门当中所有人员的名誉。我们要花上好几年的时间才能重新赢得他的信任。不过，我认为有一个解决的办法。"

"真的？"

"是的，而在这个办法当中，最棒的部分，就是能让你的事业得到推进。"

"天啊，你没骗我吧？"

"坦率地说，我真的认为是一个很大的推进——晋级、名声、勋章、赞美，所有能提升事业的东西。我的意思是，这就好像把你放在一个电梯上，直达顶层。"

"真见鬼。要我做些什么？"

"嗯，这是一个好消息：不用做太多。你只要悄悄地走到那个骗子的身后，在他裤子后面的口袋上咬一口，然后冲着他吠叫，就好像你是得克萨斯

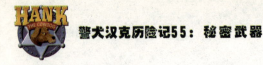

州的五个郡县中最凶恶的狗。你认为这怎么样？"

完全让我感到惊讶的是，那个小矮子恶狠狠地把眼睛眯成了一道缝，然后活动了一下他肩膀上面的肌肉。"你知道，我认为这种事情我能做到！"

"就要这股精神！现在，告诉我，谁是得克萨斯州五个郡县里最凶恶的狗？"

"我！"

"谁打算保护这片牧场？"

他开始上蹿下跳起来。"我！"

"你够疯狂吗？"

"是的！"

"你够邪恶吗？"

"哦，是的！"

"你能做这件事吗？"

"我能做这件事！"

我在他的后背上拍了一下。"好吧，士兵，出发去完成任务吧。杀无赦！"

"杀无赦！"

说着……嗯，你们必须继续读下去，才会知道真相。

第七章

秘密武器

这真是一个奇迹！我从来没有见过卓沃尔的这一面。嗯，这相当令人吃惊。我的意思是，多年以来，这个小笨蛋逃避每一项危险的任务，躲避各种各样费力的工作，不过，现在……

你们知道，当你看到部队中出现这种态度的转变时，你必须把它归因于……嗯，伟大的领导者。不要让任何人哄骗你，决策都是从最高层开始的。如果你在最高层拥有正确的领导能力，它就会向各层级渗透，你就能在士兵的表现中看到它的影响。

我不想把功劳都据为己有，不过，我们必须实事求是。卓沃尔的战斗精神可不是从他那配角的体内迸发出来的。我真为这条小狗感到骄傲，我得更加努力地工作了。

看，这就是我的第一助手，他正在上蹿下跳，向空中挥着拳，咆哮着，就像……我不知道像什么，就像一直坐冷板凳的替补队员，突然之间涌起了参加比赛的渴望，想要扭转乾坤。

"好吧，小伙子，到那里去，给我们看看你能做什么！"

一阵纯粹的原始力量爆发了，他疾驰而去……他为什么朝着房子的方向跑过去了？为什么……

呃？

好吧，忘掉所有关于卓沃尔的态度发生了巨大转变的话题吧。把它从档案里面画掉。这完全是一份伪造的报告。有人被误导了。

你们知道那个嘀嘀咕咕的家伙干了什么吗？他跑向房门，用爪子钩住门底边，打开门，消失在房子里面了！

我目瞪口呆，说不出话来。我花了整整一分钟的时间才发出我义愤填膺的声音。

"卓沃尔，立刻到前面来报到！"我砰砰地砸着门。"卓沃尔，从房子里出来，这是我亲自下的命令！"没有一丝声响。毫无疑问他在斯利姆的床底下已经挖掘出了两英里深的地洞了。"好吧，你这个小叛徒，你会为此而被送上军事法庭的！如果让我抓到你……"

我倒吸一口凉气。

现在该怎么办？我转过身，看到那个骗子已经走到马鞍棚那里了。如果没有人快点儿做些什么……嗯，整个治安部门的名声就会一落千丈，我们就不得不向我们的工作、朋友、在房子里度过的夜晚、免费的狗粮，还有其他作为牧场雇员而得到的福利说再见了。

现在是一条狗到内心深处寻求一些勇气的时候了。而有时候，勇气不是那么容易就可以找到的。就像此刻。我真心实意地不想去做我要做的事，不过，这必须有人去做。

我大大地吸了一口二氧化碳，然后摆正我宽阔的肩膀，大踏步地投入战斗当中。我经过了大门，继续向前走。在门外，我按了几下开关，把数据控制中心提升到紧急频道状态。

"数据控制中心，我们看到了一个目标。"

"靠近目标，进行瞄准。"

"目标已被瞄准，信号很强。"

"把信号锁定在计算机上。"

"计算机已经锁定。"

"全副武装。"

"已全副武装，准备就绪，请求开火许可。"

"收到，开火！"

在一阵硝烟中，我发射了武器，径直地向敌人左后兜的中心冲了过去。这个窃贼没有任何怀疑，没有看到我向他冲过去。老兄，当我在他裤子后面的口袋上咬了一口时，他向四面八方炸开了花。我的意思是，他的手臂在空中乱舞，几包冻牛肉像冰雹一样掉到了地上。

捂着被咬的屁股，他转过身来，立刻看到了我。"你！嗨，你为什么要过来这么做？"

我冲着他怒吼了一声，说："因为你是一个骗子和一个窃贼，这两者我都不喜欢。从我的牧场上滚出去，永远也不要回来，否则我就会接着做我已经开始做的事情。"

相当令人震惊，是不是？的确如此。对这个家伙我绝不能有丝毫的松懈。当他逼我迈过了底线时，他就不会得到任何宽恕。

他做了什么？嘿嘿，你们会喜欢的。他把双手举在空中，开始向马鞍棚退过去。"好吧，狗狗，你得到这些东西了。我放弃了。留着那些肉吧。你赢得正大光明，我并不生气。事实上，我打算给你一个奖赏。"

一个奖赏？听听，怎么样，呃？哇，真是一次巨大的胜利！那个讨厌鬼冲进了马鞍棚里，然后……那是什么东西？拴在皮带上的一只猫？猫没有黑白条纹，是不是？也没有毛茸茸的长尾巴。

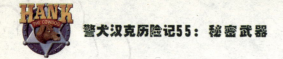

呃？

糟糕，突然之间，我想起来了副警长所讲的那个故事的其他部分。关于那个，呃，秘密武器的部分。你们可能全都忘记了，不过……

一只臭鼬。他带着他的宠物臭鼬走出了马鞍棚，用一根手指指着我说："罗斯巴德，那条狗刚才说你妈妈是一个讨厌鬼。你打算听凭一条狗的胡言乱语吗？呃？不？那么就修理他！"他把一只小小的塑料口哨放在嘴唇之间，吹了起来。嘟嘟！

我还没来得及思考或行动，罗斯巴德已经跳起来摆出开火的姿势，并朝着我的方向释放出一个黄色的球体。它不是一团火焰，而是某种……

轰！

……更糟糕的东西。我们曾经讨论过臭鼬，是不是？知道他们能造成怎样的损害吗？相当大的损害，尤其当他们进行正面攻击的时候。这一只就对我进行了一个正面攻击。我的意思是，这一切发生得太快了……

天啊，这是一股臭气！这是一股能致人失明、让人不能呼吸的有毒气体！老兄，当你遭到一只臭鼬袭击的时候，你就知道自己被确确实实地袭击了。我的意思是，就是这只臭鼬让一家杂货店垮了下来。我保证，任何能让一家杂货店垮下来的东西，也同样能让一只狗垮下来。

我摇摇晃晃、跟跟跄跄地穿过那团黄色的毒雾。"汉克呼叫卓沃尔，完毕。我们有一条狗倒下来了！重复，一条狗倒了下来，一条狗倒了下来！集合所有的部门，发动第二波攻击，派一架直升机过来，救命！"

你们可能认为卓沃尔会从房子里冲出来，赶来援救，是不是？哈，真是一个笑话。他根本没有从房子里冲出来，他甚至很有可能根本没有听到我不幸的呼唤。别忘了他躲在哪里——在斯利姆的床底下。在那张床底下有许多张蜘蛛网，声波很难传到那里。

他没有赶过来救援我。坦率地说，即使他来了，我也不知道他能做什么。我的意思是，损害已经造成，我已经被弄了一身臭鼬味，我身体上的每一个细胞与纤维都被臭鼬味熏臭了。

我摇摇晃晃地穿过有毒的烟雾，径直采取了反臭鼬对策。我们曾经讨论过反臭鼬对策吗？也许没有，因为它是一个绝秘情报，并且……嗯，我们不想让敌人知道我们如何应对像臭鼬攻击这样的外来武器。

我确信你们都理解。看，治安工作就是一场庞大的追逐游戏，我们的对手比我们能想象到的还要聪明，他们很想知道我们的秘密对策，想知道一条中了臭鼬毒气的狗如何解毒，如果我在这里透露这些信息……嗯，他们或许就会拦截到这个情报。

看，他们一直在监视着我们，偷听着我们所说的每一个词。他们从不睡觉，从不休息，从不放弃。这场秘密战争不分昼夜地进行着，我们必须……

我想透露一下我们的秘密，不会有什么害处，因为可怕的真相是——我们根本没有任何反臭鼬对策。当你中了臭鼬的毒以后，你就中毒了，老兄，你身上满是臭鼬味，只能等它自己最终消散。你所能做的事情就是躲进一些高高的杂草丛中，努力想清楚接下来的一个星期应该如何生活。

关于中臭鼬毒的唯一好消息就是，它烧断了我鼻腔当中的配线，过了一会儿之后，我就闻不到什么别的气味了。这不算是一个很棒的消息，不过，它总胜过没有，是不是？

那个坏人和他的秘密武器怎么样了？当我困难地喘息着，摇摇晃晃地穿过那团黄色的烟雾时，他们走掉了——可能一边走，一边笑得前仰后合。他们不留痕迹地消失了。

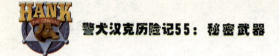

等一下，他们还是留下了蛛丝马迹——遗落了一包冷冻牛肉。当黄雾散去后，我又能呼吸时，我在马鞍棚前面发现了这包东西。你们可能认为，经过这一场既可怕又严酷的考验之后，我会没有兴趣继续收集证据或处理这个案子。你们错了。

看，大多数普通的牧场狗很可能会把这个案子放到一边，我的意思是，在羞耻与嫌恶当中放弃。我不是这样的，老兄。正如我以前所说的，牛仔犬有一点儿特殊，对我们来说，"放弃"是一个由两个字组成的低级的词。

唔，你们知道吗？它真的是一个由两个字组成的词。哦，算了。

我们说到哪了？哦，是的，我们牛仔犬从来不认为我们自己平凡普通，我们不知道什么叫放弃。当事情变得棘手时，我们仍然会坚持下去；当其他的狗已经回家时，我们仍然待在外面工作；而当我们发现了一条重要的证据时……嗯，有时候我们会把它吃掉。

嘿嘿。

为什么不呢？它不是我从斯利姆的冰箱里偷出来的，我也不想把它留在器械棚前面。在外面炽热的阳光下，它会坏掉的。于是我做了唯一一件明智的事情，把它狼吞虎咽下去。好吧，也不算是什么"狼吞虎咽"，因为你不可能狼吞虎咽下一整块冻肉，不过我的确声音很响亮地对着它又啃又嚼，然后，呃，把它送回到了实验室，让我们这样说。

这是我曾经吃过的最美味、最可口的一餐。

嗝儿。

就在这时，收集完所有的证据、编纂出目录、详细地记下牛肉现场……就是说，犯罪现场……经过测量、拍照与详细地记录下牛肉现场之后，我准备进入到下一个阶段的调查工作中了。

　　我必须向斯利姆作紧急汇报——他家的冰箱被洗劫了，我的意思是尽快地通知他，趁那个窃贼与他的秘密武器再次光顾之前。

　　不过，我们遇到了一个问题：斯利姆不在附近，他离开了他的房子，到沿溪两英里之外的鲁普尔与萨莉·梅的住处参加野餐去了。换句话说，我必须在七月热得冒烟的气温下跑两英里的路。

　　我能完成这项工作吗？当然能。大多数普通狗会说"算了吧"，然后躲到树丛下面的阴凉当中去了。我不是这样的。我在风中滑行，最后查看了一眼仪器，关闭了驾驶舱盖，将节流阀一下子推到了涡轮六挡。

　　在几秒钟之内，我升上了三万英尺的高空，调整机翼，把节流阀推回到巡行航速。我俯视着下面的地球，听到在我的脑海当中传来了一个声音，它说："外面真的很热，两英里是一个漫长的旅途，算了吧。"

　　我不知道这是谁的声音，不过，突然之间它击中了我的要害……那个声音说得对！一条狗不应该在这种酷热的天气中跑来跑去。这真的非常危险。为什么？因为众所周知，狗在高温下面奔跑容易昏倒、虚脱，甚至死亡，谁想要这样的结果呢？

　　我相当确信，如果斯利姆待在我的身边，他会请求我放弃这项任务，并指出显而易见的原因——如果我发生了什么事，这座牧场就会……嗯，分崩离析。

　　尽管我讨厌这样做，我还是关掉了发动机，从云层当中滑翔下来，在邮筒旁边的郡县公路上滑行着着陆了。

　　带着沉重的心情，我从驾驶舱里爬了出来，迅速地向着离我最近的一片树阴跑过去，扑通一声倒在地上。在那里，我的舌头上滴着水，大口大口地呼吸着新鲜空气。之后，我进入到一个我们称之为"也许下一次"的程序当中。

十分钟过后，我查看了一下量表，很高兴地看到我所有珍贵的体液值都恢复到了它们正常的数值范围。我要继续完成这项任务吗？决不。这片树阴已经把我的名字写满了，我计划去……

呃？

我听到一阵脚步声传来，那个窃贼……他打算回来结束我的生命！

# 第八章

# 虚惊一场

　　好吧，放松，那是卓沃尔。他沿着尘土飞扬的公路吧哒吧哒地跑过来，一直朝着我的方向。我的天啊，在这个特殊的时刻我还有其他不愿意见到的人吗？是的。我平平地摊在地上，尽量与树阴融为一体。

　　也许他会径直跑过去，根本看不到我。

　　他小跑着来到邮筒前，停下了脚步，向四周环视着，然后叫喊起来："汉克？你到哪里去了？听着，我对自己胆小鬼的行径感到几分内疚。坦率地说，是非常内疚。我决定重新开始我的生活。喂？"

　　我屏住呼吸，没有发出一丝声响。他叹了一口气，又出发了。他沿着郡县公路向西走，朝着牧场总部的方向。他没有看到我，这好极了。

　　不过，他又停下脚步，嗅了嗅空气，然后转过身来，一下子看到了我。他的脸上绽放出了一个微笑。"哦，嗨，有那么一秒钟的时间，我还以为自己闻到了一只臭鼬。"他蹦蹦跳跳地向我跑过来，然后刹住了脚步，再次嗅了嗅空气。"我的确闻到了一只臭鼬。哦，我的天啊，难道是……你？"

　　"是我。让我们开门见山地说吧，你被解雇了。清理一下你的办公桌，交出你的徽章，从我眼前消失。我永远也不想再同你说话了，再见。"

　　"你是说……"

　　"我是说，一切都结束了。我一次又一次地给你机会，让你证明自己，可是相反，你却把每件事情都搞砸了。"

他垂下了头。"我知道，不过我控制不住自己，我是一个胆小鬼！"他崩溃了，开始放声大哭起来。"有时候连我都无法忍受我自己，但我就是这样的。"

"是的，嗯，运气真是糟透了。"

"我向我妈妈保证过，我会成为一条好小狗的……但现在，我不得不告诉她，我被解雇了！这会让她心碎的！"

你能说什么？我是一个冷酷无情的人（干我们这行工作，这是迫不得已的），不过这并不有趣儿。

"汉克，再给我……五次机会。"

"绝对不行。"

他又恸哭起来。"再给我……三次机会。"

"不！我已经下定了决心，事情没有挽回的余地了，抱歉。"

他继续嚎啕大哭，然后开始呻吟。"好吧，最后一次机会，就这些，只要再给我一次机会。"

他又哼哼叽叽地哭了一分钟。我回顾了一下他的档案，又数了数他掷地有声的泪珠（十二颗），最后，我再也忍受不下去了。"好吧，别再嚎啕了，最后一次机会，不过你必须发誓再也不当胆小鬼了。立正，举起你的右爪，重复一遍誓言。"

他擦干了眼泪，立正，举起了他的右爪。"好的，不过我不记得了。"

"我还没有说呢。"

"噢，抱歉。"

"接下来是誓言，注意听好了，'我，卓沃尔·C·狗，在此庄重地发

誓，要英勇而大胆，再也不当一只胆小的狗，两者永远水火不兼容。"

"什么两者？"

"重复誓言！"

他重复了那些誓言，我开始在他面前踱来踱去。"好了，骑兵，你回到队伍中来了。我为此承担着一个巨大的职业风险，所以，不要搞砸了。这是你的第一项任务。"我向他简要地说明了一下我与那个窃贼和他的宠物臭鼬之间的混战。"我现在派你去总部警告斯利姆一声。你能完成这项任务吗？"

"哦，这就是你闻起来如此臭的原因吗？"

我低头靠近他的脸。"你能完成这项任务吗？"

他咳嗽了几声，扇了扇他面前的空气。"哦，是的，我能完成，因为我发誓再也不当一个胆小鬼了。"

"很好，我会在那边的树阴下面建立一个战地指挥所，等待你的报告。"

他开始蹦来跳去。"哦，这会很有趣儿的！"

"卓沃尔，这并不有趣儿，天热得就像仓库里的火炉。"

"是的，不过比欧拉或许会来参加野餐。再见，我出发了！"

他沿着公路蹦蹦跳跳地跑了，就像一只小……我不知道像什么，就像一只幸福的小蚂蚱，我猜。

"卓沃尔，停下来！回到这里来！"

他跑回来了，迷惑地看着我。"天啊，我做错了什么事吗？"

"还没有。我的气味改变了。"

"是的，我注意到了。"

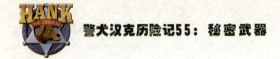

"我说，我的命令改变了，我要同你一起去。"

"但是，我还以为……"

"在这样炎热的天气下，去往总部的旅程会很危险。你五分钟以前刚刚重新入伍，我讨厌有不好的事情发生在你身上。"

"天啊，你真善良。"

"我们出发吧。"

我开始在公路中央大踏步地走起来，卓沃尔跟在我身后——这是他应该待的位置。过了一会儿，他说："哦，我现在明白了，是比欧拉。"

"说得对，伙计，她是我的，我甚至不允许你跟她说话。"

"她不会喜欢你的气味。"

"她会爱上我的气味的，女人们迷恋浓浓的阳刚味道。"

"是的，不过你曾经尝试过一次，结果出了岔子。"

"卓沃尔，当我在爱情方面需要你的建议时，我会问你的。现在，给我闭上嘴。"

"你永远也学不会。"

"你说什么？"

"没什么，我闭嘴就是了。"

正如我所预料的，去总部的旅程漫长而炎热，中途我们不得不在树阴下停下来休息两次。不过，三十分钟之后，我们抵达了此行的目地的。即使隔着很远的距离我们也能看到，几十位朋友与邻居们已经过来参加野餐了。

几个男人系着围裙正在一个巨大的烤架上烤着牛肉饼；一群女士们坐在草坪躺椅上，谈天说地，哈哈大笑；另一群人正在弹奏着乐器，唱着歌；孩子们在玩垒球；几位牧场主懒洋洋地靠在树上，谈论着牧草与牛群；还有一些人在玩投掷马蹄铁的游戏。

当我们向野餐的人群走过去时，卓沃尔说："你打算怎么告诉斯利姆那个窃贼的事情？"

"你说什么？"

"那条信息。我们长途跋涉而来，不就是为了告诉斯利姆关于那个窃贼的事情吗？你怎么用摇尾巴的方式说出'窃贼'来？"

"我不知道，不过我确信你会解决这件事的。"

"我！不过，我还以为……"

"我决定把它交给你了，小伙子。"

"是的，不过我有的只是一条秃尾巴。"

"使用一个简单的"摇摆程序"，并加快摇摆速度，摇—摇—摆—摆—摇—摇—摆—摆。"

"这个的意思是'牛肉饼'。"

我停下脚步，注视着他空洞洞的眼睛。"卓沃尔，我正忙着去赢得一位女士犬的芳心，没有时间教你如何与人类交流。去找斯利姆，告诉他关于窃贼的事情，动动你的小脑袋，把事情解决掉。"我在他的肩膀上拍了一下，"让你回到队伍当中真好。"

"谢谢。"

"既然你正处在试用期，我知道你不会把这件事情办砸的。"

他开始困难地喘息起来。"你知道，压力真的会让我把事情搞砸。"

"压力对我们来说是有益的，小伙子。如果不是因为有压力，世界上所有的轮胎都会瘪下来。"

"我不明白。"

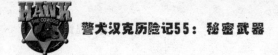

"空气压力。这就是一只有用的轮胎与一只瘪轮胎之间的差别。你想像一只瘪轮胎一样度过你的整个一生吗？"

他再次困难地喘息起来。"天啊，我的确需要一些空气。"

"我确信你会在野餐上找到一些的，这里充满了空气。现在，走开去做事，我希望能在半个小时之后看到一份完整的报告。"

他哀鸣着，喘息着，不过我没有时间听他小小的抱怨，我有更重要的事情要去做。看，我已经搜遍了整个人群，发现……上帝啊！我们说过牧羊犬比欧拉小姐吗？是的，我们的确说过，因为多年以来，她一直是我的梦中情人。

亚麻色的毛发，露珠莓一样的眼睛，长长的牧羊犬耳朵和长长的牧羊犬鼻子，一条完美无缺的尾巴，一副完美无缺的牙齿，完美无缺的脚趾……哇噢，多么完美的女人！

有多少个夜晚她曾经到我的梦中来看我？几十个，上百个。在我的梦中，她属于我，只属于我一个。不过问题是，到了黎明时分，戏剧落幕了，然后我们不得不面对……嗯，现实。

看，在她的生命当中有一只捕鸟犬——柏拉图，他们住在同一个牧场上，就在溪边离我们不远处。她似乎对他有一种不可思议的爱恋，我一直都不理解这件事。我的意思是，在其他许多方面她看上去既聪明又有才华，她为什么会喜欢一只捕鸟犬呢，当她能够拥有……嗯，例如，我的时候？

这是没有道理的，一点儿道理也没有。作为一个群体，捕鸟犬们迟钝、无聊、比泥巴还蠢，而柏拉图更是其中的典型——五倍的典型。对于一只把他整个生命都浪费在嗅着地面，追逐鸟类，拾取树枝，一动不动地用头指着旧网球鞋的狗，你能说什么？

你能说的就是，他的确是那种比欧拉应该像躲避一团细菌一样躲避的杂种狗。不过，她没有。事实上，她似乎很喜欢这个讨厌鬼，尽管我用尽了从书本上学到的每一招来赢取她的芳心。

你们知道，大多数的狗会泄气，并且放弃。我？我常常泄气，但我不会放弃，我永远也不会放弃！我永远也不会放弃希望。总有一天，那团细菌会消散，她会看清那个鸟类好奇者的本来面目——一个尾巴像树枝的小丑。他根本不配活一天，更不要说值得她爱恋了。

这些就是当我向整个世界上我唯一的真爱走过去时，在我头脑深处回荡的念头。是的，她坐在一棵榆树的树阴下面，正在注视着野餐上面进行的所有活动，用她可爱的棕色眼睛，把一切尽收眼底。

当我穿过人群向她走过去时，我开始注意到一个非常重要的细节：她独自一个坐在那里！没有捕鸟犬。我的心快乐地跳动起来。我的天啊，也许她终于甩掉了那个害人精！

我加快了步伐，聆听着我心脏的欢跳声，狂野而有节奏地跳动着，这就是命中注定的那一天吗？我的心在说……是的！

# 第九章

袋鼠是沼
泽汤鳗鲷

距离比欧拉小姐十英尺开外，我停下了脚步。我想要不动声色地做这种事情，你们不明白吗？不动声色，我想要不动声色。

大多数狗会径直冲到她的面前，试图用亲吻和拥抱来征服她。我？我想要给我的魅力一个机会，让它施展魔法，慢慢地，静静地，就像当新一天的阳光把金灿灿的光线洒向整个地平线时，生命花园中的一朵完美无缺的玫瑰依次绽放开它的花瓣一样……

唔，我似乎弄丢了我的思路。我们刚才在谈论什么来着？骨头？不是。天气？我认为也不是。

真有趣，这种事情是如何发生的？你把所有的想法都放在一个思路里，而接下来你知道……丁果，它丢失了。是宾果，不是丁果。丁果①是一种野狗，你们知道吗？这是真的，这种野狗生活在一个叫做……那地方叫什么名字来着？它是我们这里以南的一个国家，整个国家都爬满了袋鼠。

事实上，说那个国家爬满了袋鼠或许是不正确的，因为袋鼠不会爬。他们跳，我们在这里说的是很认真的跳。他们跳着生存。每一天，整个一生，他们都在跳来跳去。

哦，他们还有小口袋，就在他们的肚子前面。有袋的动物被称为沼泽汤

---

① "丁果"的英文是dingo，是一种澳洲野狗。

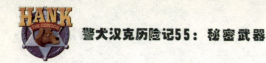

鳗鲡。为什么？我不知道。问生物学家去吧，取拗口名字的是他们，例如这个沼泽汤鳗鲡。

我猜测最有可能是由于袋鼠生活在沼泽里，喝大量的汤，有一条长尾巴，就像一条鳗鲡。不过，重要的事情是袋鼠妈妈把她的小宝宝放在她的袋子里。看，这就意味着这些袋鼠宝宝们不用进行太多的跳跃。

澳大利亚——这就是那个到处是袋鼠的国家的名字，他们那里也有丁果。还记得丁果吗？他们是一种野狗。他们吃袋鼠，而袋鼠喝汤，所以你们可以说丁果的饮食超级棒。

哈哈。

这是一个小幽默，你们明白了吗？汤与超级[1]，哈哈。好吧，也许这没有那么精彩，不过……在你们把我引到袋鼠这个话题之前，我们在谈论什么来着？得克萨斯州的一条狗为什么会谈论起袋鼠来？我从来没有见过袋鼠，因此……

等一下，先暂停每件事！我们在谈论牧羊犬比欧拉小姐。好吧，现在，让我们继续。

问题是，一旦一条狗让自己大饱眼福，欣赏了比欧拉小姐的美艳之后，他就再也不会去想袋鼠了，即使他最近刚刚狼吞虎咽地吃下半磅冻肉。他不在乎袋鼠们是喝汤、吃沙拉还是牛肉饼，因为……你们知道，我闻到了烤架上飘来的牛肉饼的香味，我说的是非常非常棒的香味！一团带着烤肉味的烟气从我面前飘过，我……

你们可以吃掉你们想吃的所有冻牛肉，不过，我还是想来一块烤架上的牛肉饼。还记得我提到过当我还是一条小狗的时候，我是在一个装牛肉的箱

---

① 汤（soup）与超级（super），发音近似。

子里长大的吗？这是真的，那就是我的育婴室。大多数普通狗生命当中的第一个月是在装运橘子或菠菜的箱子里度过的，不过，你们永远也看不到一只牛仔犬蜷缩在一只菠菜箱子里。在菠菜箱与橘子箱里长大的狗，后来都变成了呀呀叫的小狗，而牛仔犬们却成长为一条更为优雅的……

我需要去查看一下那些牛肉饼。有时候在野餐中，厨师们，你知道，会分发一些免费的样品，如果你在恰到好处的时机靠近他们。我认为我最好去，呃，试探一下，可以这么说。

我追踪着那些香气，径直向烤肉架走过去。三个男人系着围裙、戴着牛仔帽，正站在烤炉前，谈着天，流着汗，翻动着美味的小牛肉饼。我靠近其中一个人，坐在他的脚边，向他露出了一种表情，似乎在说："如果我能得到一小块牛肉饼，我的生活就会完整了。"

他没有注意到。我的意思是，那个家伙在烤架上烤着二十块牛肉饼，他忙个不停。于是我一点儿一点儿地靠近他，在地上扫着我的尾巴，并开始发出渴望的声音。

终于，他注意到了我，甚至微笑起来（好兆头）。"嗨，小狗，你七月四日过得愉快吗？"

哦，是的，非常愉快……尽管……

"我猜你想要尝一尝，呃？"

一块牛肉饼？天啊，我从来没有想过这个，不过……嗯，一块小牛肉饼也许是庆祝独立日的最好方式。或者是两块。

他把他的抹刀……刮勺……刮铲……不管它叫什么……他把那个东西伸到一块美味的、滋滋作响的牛肉饼下面。你们知道，突然之间，我身体里面的所有器官都开始雀跃起来：我的耳朵竖了起来，我的眼睛睁圆了，我的舌

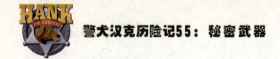

头刷地一下子从嘴里伸了出去。这些全都是在同一瞬间完成的。

他向我露出了一个愉快的微笑（这家伙喜欢狗，我可以判断出来）……他向我露出了一个愉快的微笑，说："喂，这可能很烫，所以你最好……"

是吗？

他愉快的表情一下子变成了……哎呀……一个不怎么愉快的表情。事实上，变得相当狰狞。他说："狗，你太臭了！快从这里滚开，别把这些肉毁掉。去！"

好吧，我才不想要他油腻腻的牛肉饼呢。它们可能被烤焦了，撒上了过多的盐，撒上了过多的胡椒粉。如果他不想把牛肉饼分给一条忠诚、勤奋的牧场狗，我无所谓。嗨，我又不是乞丐。

而且我还有更重要的事情要去做，例如，向整个世界上最美丽的牧羊犬女孩儿施展我不可抗拒的魅力。也许你们已经忘记了她，也许我也忘记了，有那么一两分钟，我们跑了题，去讨论袋鼠了。不过，你们必须承认，他们是相当有趣的小东西。我有几分希望我们在得克萨斯州也有一些袋鼠，但是，我们没有。

重要的问题是，我继续执行我接近那位女士的计划了，用一种……唔，我差点儿说出"用一种偷偷摸摸的方式"，不过，这听起来过于冰冷，过于算计，是不是？让我们说，我用 种"含蓄"的方式接近她，这听起来好多了，不是吗？当然是的。

是的，我没有冒冒失失地向她冲过去，而是在距离她十英尺远的地方停下了脚步，等待着她感觉到我的存在，让她凭自己的直觉发现我。看，做这些事情你不能着急。真爱需要时间去生长、发育，因为……嗯，因为女性是很奇怪的。

我讨厌这样说，不过我所经历的每一件事都在说，这是真的。举个例子来说，如果你想要捕获一只猫的心灵与头脑，这很简单。你向他展开猛烈的攻势，痛扁他一顿，将他撵上树就行。这时，你就赢得了他的心灵与头脑。或者，如果你没有赢，也不用介意，因为你把他的心灵与头脑搁到树上了，那就是搁置一只猫的最佳场所。嘿嘿。

我知道所有这些事，因为我一直在这样做，这是一种乐趣。

不过，这种方法对女士们来说行不通。试着把你的女朋友撵上树，看看会发生什么事。发生的事情会时时刻刻地在你的记忆当中重现，侵蚀你的心。女士们需要时间与空间，她们需要有人来献殷勤、来迷倒她们，这就是我在头脑中酝酿的想要对你们都知道是谁的那位女士所实施的计划。

因此，我保持距离，等着她看到我。她似乎有些心不在焉，注视着野餐中进行的所有活动。不过，我并不着急。时间站在我这一边，看，因为那个鸟类好奇者不在他通常出现的位置上，就是说坐在她的身边，举止就像一个白痴，而他的确也是一个白痴。

嘿嘿，我可以等待，让剧情顺理成章地展开。

在我等待之际，我抓住机会打扮了一下，美化了一下我的外表。外表对女士们来说是很重要的，你们不知道吗？你们不想在露脸的时候看起来落魄不堪吧——毛发竖起来，耳朵耷拉着，尾巴上挂着蒺藜草，嘴角上面沾着狗粮的碎屑。这些全都是落魄的迹象，女士们不会被这种形象所打动的。

我的运气不错，正巧站在一辆有着圆形的铬合金轮毂罩的小货车旁边。这真是我的好运，因为那些铬合金轮毂罩可以当镜子来照。我可以看到映在那个闪闪发光的轮毂罩表面上的自己的影像。这是一个常识，当你想要梳妆打扮时，你需要一面镜子。我有一面镜子，一面非常好的镜子，我站在镜子

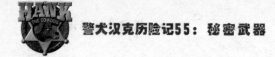

前，仔细地打量着……

我的天啊，我的鼻子真有那么大吗？

我一直很为自己长长的牛仔犬鼻子而感到骄傲，不过，我在镜子当中看到的影像却让我的自豪感轰然坠地。我的鼻子巨大无比，是正常大小的五倍！

我咽了一下唾沫。

我的大脑飞快地检索着过去几天所发生的事情，试图回想起来是什么导致了这场灾难。是我吃错了什么东西吗？是我接触了某种能侵袭我的脸、将它扭曲成可怕形状的致命病菌吗？

我怎么能在我梦中女孩儿的面前露面，当我的脸——我曾经拥有的唯一一张脸——变了形，变成了某种可怕的奇形怪状的时候？

我迷失在这些令人沮丧的想法当中了。就在这时，我听到了身后向我走来的脚步。我衷心地希望这不是比欧拉，如果她看到我这个样子……嗨，英俊的相貌并不是生活当中的全部，除非你的鼻子变得像一根大香肠。而当这一切发生时，老兄，相貌就很关键了，而你也有大麻烦了。

我转过身，想看一看是谁的脚步声。是卓沃尔。他的脸上挂着一副闷闷不乐的表情，正在摇晃着他的头。"汉克，我试图告诉斯利姆那个窃贼的事情了，但是他听不懂。也许你最好……"

"别管那个窃贼了。有一件非常可怕的事情发生在我身上了。"

他皱起了鼻子，做了一个鬼脸。"是的，你闻起来就像一只臭鼬。"

"你为什么要不断地提起这件事？"

"嗯……因为你不断地闻起来像一只臭鼬……这是很难忽略的。"

"别管臭鼬了，我一点儿也不担心这件事。有件非常可怕的事情发生在

我的脸上了。看看我的鼻子。"

他眯起了眼睛，仔细地看了看。"鼻子怎么了？"

"它被毁容了。那只臭鼬的喷雾中想必包含着一些毒素，能让身体发生丑陋的改变。"

"你为什么会这样想呢？"

"我在那面镜子中看到了我的脸。"我指了指那个轮毂罩。

卓沃尔向那面镜子走过去，盯着镜子中他自己的脸。"真见鬼，这是我曾经见过的最难看的鼻子。"

"看到没有？现在你知道可怕的真相了吧。"

"是的，不过那是我的鼻子，不是你的。你认为……"

"卓沃尔，我们是多年的老朋友了，我需要你的帮助。"

"是的，不过……"

"我不能让比欧拉小姐看到我这副样子。"

"汉克，镜子当中的是我的鼻子。"

我恶狠狠地瞪了他一眼。"卓沃尔，别再想你自己了。我们明天再处理你的鼻子。今天，我们必须解决好我的鼻子问题。这个要求过分吗？"

他耸了耸肩。"随便你怎么想吧。"

我向旁边踱了几步，凝视着远方。"你必须给比欧拉小姐带一个口信。"

"我认为你说过，我不能同她说话。"

"一切都变了。我的生活再也不会和从前一样了。"我停下了脚步，整理着我的思绪。"你愿意给她带一条重要的口信吗？"

"哦，当然，我很乐意。"他开始迈步走开。

"回到这里来！我还没有告诉你口信呢。"他走了回来，然后坐下。
"好吧，口信是这样的：'比欧拉，我毫无瑕疵的鸽子，我已经注意到你来参加野餐了，身边没有柏拉图。我的心在狂喜，在歌唱。不过，我此刻不能见你。请为我留好位置。签名，你最心爱的汉克。'你能记住所有这些话吗？"

"哦，是的，这很简单。"

"卓沃尔，我想要你一字不改地把这个口信带给她。这非常重要，我的未来全都维系在这上面了。"

他咧嘴笑起来，开始又蹦又跳。"我明白。你会感到骄傲的。我这就去！"

他从小货车前面跑开，向着比欧拉小姐的方向跑去，我有一种不好的感觉，不过……嗯，你们就会看到的。

# 第十章

## 我的鼻子
## 遭受重创

卓沃尔向比欧拉小姐所坐的地方跑了过去，比欧拉正坐在一棵高大榆树下面的树阴里。我躲在那辆小货车的左后轮后面，抱着一线希望聆听着，希望那个小矮子能够原原本本地转述我的话——发自内心的话。

当他离比欧拉小姐不远时，他开始急促地摇着他那可笑的秃尾巴。她把目光从野餐的活动上面收回来，微笑着看着他。"哦，你好，卓沃尔。"

听到她的声音，他脸红了，气喘吁吁，倒在了地上，开始向空中踢动他的四条腿。这种愚蠢的反应就像你们预料他会在一位女士面前所表现出的一样，不过，最后，他还是设法从地上爬了起来。

到目前为止，一切顺利。我竖起了两只耳朵，努力捕捉着每一个词。

"嗨，比欧拉小姐，我有一条来自汉克的重要口信。"

"来自汉克的口信？"她向四周环视着。"他在这里吗？"

"是的，小姐，不过他此刻不能见你，他想让我把这条口信传达给你。"他扑通一声倒在草地上，开始发言了："'比欧拉，我毫无瑕疵的秃鹰，我已经注意到你……"

比欧拉皱起了眉头。"等一下，你确信他说的是'毫无瑕疵的秃鹰'？"

"嗯，让我想一想。也许是'有瑕疵的秃鹰'？"

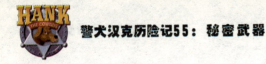

"'有瑕疵的秃鹰'？这是什么意思？"

"嗯，我不知道。不，等一下，我想原话是'毫无瑕疵的鸽子'。"

她微笑起来。"哦，这就好多了，请继续说。"

卓沃尔用做梦一样的眼神凝视着天空。"'我看到你来参加野餐了，身边没有柏拉图。我希望你能成为卓沃尔的女朋友。'这就是来自汉克的口信，比欧拉小姐。"

什么？

我早就知道他不值得信任。这个小偷篡改了我的发言稿，想要偷走我的女孩儿！一想到要带着我变形的鼻子出现在公众面前，我就有些畏手畏脚。不过，如果我不控制住局势，我的爱情生活就要被毁掉了。

我只能希望她会透过我有缺陷的外表，看到鼻子后面的那条狗。我深吸了一大口空气，走了过去。"卓沃尔，你的谎言说够了！你被解雇了，立刻回到你自己的房间里去。"

"是的，不过……"

"快走！我稍后再处置你，你这个丢人现眼的可怜虫。"他缩起了脑袋，夹起了尾巴，悄悄地溜走了。我把目光转向我的梦中女孩儿。"比欧拉小姐，我原本不想让你看到我这副样子的。不过，情势迫不得已。"

她嗅了嗅空气，皱起了眉头。"你闻到什么东西了吗？"

"你看，我在今天早上经历了一件可怕的事情，我恐怕我的鼻子再也不会像原来那样了。"

她注视了我很长时间。"真的？"

"是的，小姐，我被毁容了，就像钟楼的驼背怪人。"她吃吃地笑起来。"比欧拉，我很吃惊你居然会在这种时刻笑出来。"

"我认为你的意思是说驼背的钟楼怪人。"

"就是那个家伙。这个世界只看到了他的外表，他的外表很丑陋。不过他的心灵却像金子一样纯洁。我只希望你会透过我这只可怜的、被毁掉的鼻子，看到我内心深处的善良。"

再一次，她久久地注视着我。"你什么时候注意到'你可怜的、被毁掉的鼻子'的？"

"就在片刻之前，当我碰巧在镜子中照了一下的时候。"

"什么镜子？"

"那边的轮毂罩。"我指了指那个铬合金的轮毂罩。让我吃惊的是，她再次大笑起来。"比欧拉，你的笑声就像匕首一样刺穿了我的心。"

她在我面前转过身，喘了一口气，继续大笑着。"我很抱歉，汉克，不过这太好笑了！"

"小姐，对我们当中那个有残疾的人来说，这并不好笑。"

她笑得如此猛烈，以至于她倒在了地上，用一只爪子拍打起地面来。"你不明白发生什么事情了吗？那个轮毂罩是圆形的，它上面的形象都是扭曲的。"

"呃？你是说……"

"你的鼻子没有改变，还是你一直拥有的同一只鼻子。"

"这太荒谬了。"

"再看一次。"

我走到那个轮毂罩前，凝视着照在上面的影子。哎呀！这一次，我看到的不是一只巨大的鼻子，而是一只巨大的眼睛。我们现在所说的是一只正在盯着你看的死鱼眼睛，换句话说……

好吧，虚惊一场。哈哈，看，铬合金轮毂罩是圆形的，它……我不知道它干了什么，不过，重点是我的鼻子没有问题。哇噢！天啊，有那么一两分钟我真的震惊得不知所措。

我把眼睛向左右转了转，想要让我头脑中的惊惶平静下来。"比欧拉小姐，这真令人难堪。"

比欧拉仍在哈哈大笑，她努力在大笑声中透了一口气。"我确信是这样的。"

"现在，一切都搞清楚了。卓沃尔欺骗了我，他想把你偷走，不过现在，我们都知道了真相。"我高高地挺起了胸膛，向她露出潇洒的微笑。"比欧拉，看上去你终于抛弃了你的捕鸟犬男朋友，并且……嗯，我来这里是为了取代他的位置。"

她停止了笑声，注视着我的眼睛。"哦，汉克，柏拉图又一次离开了。他开始了另一次征程。在过去的两天里没有人见到过他。"

"嗨，这是一个好消息！他上一次这么做时，我居然愚蠢到把他活着带了回来，这一次……"

她激动地看着我。"不要这么说！我受不了你对可怜的柏拉图说三道四。"

"可怜的柏拉图，我的天啊！他是一个白痴。他除了让我痛苦之外，一无是处。我简直太兴奋了，都说不出话来……"我注意到她的眼神瞟向了别的地方，显然她正在注视着北方的什么东西。"请原谅，不过我重要的话还没有说完呢。"

她继续注视着北方，把一只爪子竖在了嘴唇上。"嘘，看！"

"比欧拉，除了你可爱的脸，我不想看任何东西。坦率地说，我真希望你没有让我闭嘴。"

沉默了很长时间，然后她向我转过头来，脸上带着灿烂的笑容，一个能照亮全世界的笑容。她倒吸了一口气说："一切都解决了。"

"哦，谢天谢地！我很高兴你终于……"

"是他！他回来了！"

呃？谁？

我向北方眯起眼睛，发现我的生活就在我的眼皮底下四分五裂了。你们想猜一猜谁正一瘸一拐地穿过野餐的人群向着我们走过来了吗？就是那个愚蠢的、尾巴像棍子、身上带斑点的捕鸟犬傻瓜，他曾经为了寻求那只大白鹌鹑而离家出走……却差点儿让他自己成为一对饥饿郊狼的美餐。他能找到重返文明社会的路，是我的不幸。

愤怒在我的心中堆积，我看着比欧拉跑过去迎接这个小丑。"哦，柏拉图，我一直好担心！"

他的舌头从他左侧嘴角耷拉出来，他向她露出一个我曾经见过的最愚蠢的微笑。他叫喊道："甜心！我及时赶上了野餐，呃？太棒了！"他看到了我，于是也向我露出了同样愚蠢的笑容。"汉克！嗨，再次见到你太好了！你看起来棒极了，老兄。"他向我挤了一下眼睛。"清白的生活，呃？太棒了。"

在我秘密的脑海里，我说……我不会告诉你们我说了什么。不过，我可以向你们保证，那不是什么好话。

那个白痴一瘸一拐地走到树阴下，倒了下来。比欧拉陪伴在他身边，用忧虑的眼神注视着他。"可怜的宝贝儿，你受伤了！你做什么了？"

"没什么，亲爱的。"

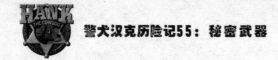

"柏拉图，你的脚上有仙人掌的刺。"

他瞪着自己的爪子。他的爪子就像插满了针的垫子。"我的天啊，难怪这儿这么疼。"

"并且，你瘦得就像一条蛇！你最后一次吃东西是在什么时候？"

他皱起了眉头。"你知道，我没有任何概念，可能是几天前。当我出门的时候，我完全忘掉了食物。"

比欧拉拍了他一下。"我去看看能否给你找些剩饭。你可以与汉克聊聊天。"

"太棒了，谢谢你，甜心。"比欧拉离开我们之后，他转身面向我。"你知道，汉克，当我出门时，我的思绪仿佛飘进了另一个完全不同的世界。"

"别开玩笑了。"

"我的意思是，我似乎是透过一个微小的透镜在观察每样东西。"

"真有意思。"

"是的，我甚至没有注意到其他的细节，例如……嗯，饥饿，口渴，还有踩到了一大丛仙人掌。"他向我靠近一些。"汉克，我找到了一大群你做梦也梦不到的、最令人惊奇的蓝鹌鹑。"

"我从来没有梦到过鹌鹑。"

"它们想必有三四十只，真是好大的一群！"

"天啊。"

"不过，你知道蓝鹌鹑，它们会跑，它们开始奔跑起来，把我领上了一条欢乐的……"

突然之间，我有了一个主意，打断了他的话。"柏拉图，你的鼻子怎么了？"

他看着我，过了几秒钟之后，他毫无生气的眼睛才开始聚焦。"请你再说一次？"

我回头向左右看了看，低声说："有些可怕的事情发生在你的鼻子上了，它变形了，变得奇形怪状的，我猜比欧拉不想提到它。"

他把一只爪子放在鼻子上，摸来摸去。"我的鼻子？天啊，我没有觉察到任何不妥。"

"柏拉图，当你出去追逐鸟类的时候，你失去了与现实世界的联系，记得吗？"

"这是真的，的确是这样，所以……我的鼻子？它发生了一些事情？"

"是的，我很抱歉要由我来告诉你这个坏消息，你也许想……嗯，离开这个野餐。"

他大吃一惊："有这么严重？"

"有这么严重。比欧拉永远也不会告诉你这件事。不过，我确信，她被看到与你待在一起时会感到尴尬。"

他倒吸了一口凉气。"我的天啊！我不想成为一个累赘。"

"我知道你不想，柏拉图，到这里来，用这面镜子来照一照你的脸。"我带着他拐到铬合金的轮毂罩前。"支撑住身体，好好看一看。"

嘿嘿，我猜你们已经猜出了我针对柏拉图的计划。嘿嘿，牛仔犬的头脑可是一个非常可怕的东西。

第十一章

我为柏拉图的未来制定的邪恶计划

你们可能认为我欺骗这个笨蛋的行为太残忍了。也许是这样的，不过，我不在乎。多年以来这个笨蛋让我痛苦不堪，偷走了我的女人，让我的心碎成六十二片。如果我能用欺骗的手段赢回比欧拉小姐，那就这么干吧。

他眯起眼睛，注视着镜子中他自己的脸……然后，你们可以想象得到结果！嘀，这是我这么多年以来看到过的最好笑的事情。他的眼睛一下子瞪圆了，他的下巴一路落到了地上。当他终于能够开口说话时，他倒吸了一口凉气。"我的天啊，你说得对，我看起来糟透了！"

我把一只爪子搭在他颤抖的肩膀上——一位真正的朋友正处在他一生当中最黑暗的时刻，嘿嘿。"好了，好了，我确信会治好的。"

"你这样认为吗？"

"哦，是的，用不了两年的工夫，它就会恢复过来。"

"两年！汉克，捕鸟季两个月之后就要开始了！如果我无法捕猎了，该怎么办？"

"慢慢来，尽力而为吧，老伙计。现在，我们需要把你从这里弄走。"我开始带着他向前走。"我知道你不想让比欧拉难堪。"

"是的，不想。汉克，我宁可被鞭打。"

"这个可以安排一下。"

"什么？"

"我们快点儿走，趁她还没有回来之前。"

"说得对。"我领着他向南走，朝着小溪的方向。当我们走出几步远之后，他停下了脚步，把脑袋歪向一侧，眨了眨眼睛。"等一下，我刚刚产生了一个有趣的想法。"

"呃，柏拉图，我们最好……"

"等一下，汉克，我需要核实一下。"他跑回到那个轮毂罩前，再次看着上面映照出来的自己的影子。他把头仰向后面，开始哈哈大笑起来。"汉克，好消息！我刚刚发现，这个轮毂罩会让照在上面的影像变形！"

"不可能。"

"不，是真的，我们所看到的不是真实的。到这里来，亲眼看一下。"我不需要"亲眼看一下"，不过我还是看了一眼，只是为了装装样子。柏拉图大笑着，拍打着我的后背。"天啊，汉克，有那么一分钟的时间，你真的让我吓了一跳……"

他忽然僵住了，公子哥似的笑容消失了。他抬起了他那只著名的捕鸟犬鼻子，在空气中嗅了几下，然后，他慢慢地把目光转向……嗯，转向我，好像是这样的。

他的脸色变得很严肃。"汉克，我们是朋友，是不是？我们可以交谈，面对面，狗对狗？"

"你想说什么？"

他回过头去向后面张望了一下，压低了声音。"汉克，只有朋友才会告诉你，你……你身上有一种怪味。"

在那一时刻，我无法决定是应该冲着他的脸放声大笑，还是把他打倒。

于是我说："我被一只臭鼬袭击了，这又怎样？"

他皱起了眉头，噘起了嘴。"汉克，我相当了解比欧拉，嗯……汉克，让我坦率地说吧，她不喜欢臭鼬味。"他把声音压低成私秘的耳语。"洗个澡或许是个好主意。汉克，我说的这些都是真心话。"

我把他推到一边去。"傻瓜！如果你在女人方面这么在行，为什么还不断地跑出去追逐鹌鹑？"

他的目光一片茫然。"汉克，我不知道如何回答这个问题。"

"很好，因为我也听够了你唠唠叨叨。她来了。我们看看她怎么说，我打赌她甚至不会注意到这种气味。"

比欧拉向我们跑过来，嘴里叼着一块汉堡包。她把汉堡包放在柏拉图的脚边，向他露出一个充满柔情蜜意的微笑，这几乎让我感到不舒服。"好了，你这个可怜的东西，这块汉堡包会让你活下去的，直到……"她的话停留在半空中。她抬起了鼻子，嗅了嗅，然后她的目光转过来，就像……嗯，它让我想到了战舰上面的炮塔，它们正朝着攻击目标转过炮口来。她用眼神刺中了我。"臭鼬？"

"比欧拉，我的心肝，我能够解释清楚每件事情。"

她的眼睛里仿佛喷出火来。"你太难闻了！"

"是的，不过……"

"你怎么敢来参加野餐……噢！"她转身面向柏拉图，"告诉你的朋友，在他出门去公共场合之前，至少应先洗个澡！"

柏拉图点点头。"说得对，我已经告诉他了。"

她把鼻子昂向空中，迈着愤怒的小碎步离开了。

也许我也应该让事情就这样了结，不过……嗯，我没有。我提高了音

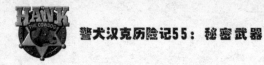

量，叫喊着："所以说，你就是这种女人，呃？注重外表，喜欢肤浅的东西？很好，比欧拉，你知道吗？我想我们之间结束了。"

她回过头来，厉声说："你去跟一只臭鼬约会吧！"

柏拉图悲伤地摇了摇头。"你知道，汉克，她说得对，你的确应该……"

"能请你闭上嘴吗？"

"嗯，当然，汉克，如果你觉得应该这样，我就会……"

"我需要去管理我的牧场了，你正在浪费我的时间。我希望你喜欢你的仙人掌。"我转过身，大踏步地走开了。

在我身后，我听到他高喊着："再次见到你太棒了，汉克。不要忘了，捕鸽子的季节九月一日开始！多保重！"

捕鸽子的季节。真是一个失败者！

不过，你们知道是什么真正让我感到痛心的吗？如果柏拉图是这样一个失败者，他为什么总是能在最后赢得我的女朋友？这是我生命中最大的谜团，是不可弥补的悲痛的根源。

哦，算了，我还有重要的事情要去做。你们忘了我们正在进行一个非常重要的调查活动吗？我没有忘。好吧，也许有那么几分钟的时间，它溜出了我的脑海，不过，我又回到这个案子中来，准备接管这件事了。

看，我不得不亲自去通知斯利姆，他的房子遭到了洗劫。我曾经把这项工作交给卓沃尔。当然，他把它搞得一团糟，我早就知道会这样。

说到那个吱吱叫先生，猜猜谁不知从什么地方钻了出来，并肩走在我的身边？卓沃尔。他向我露出了他招牌式的傻笑。"哦，嗨，你与比欧拉相处得怎么样？"我没有回答他的问题，甚至没有看他一眼。"她告诉我你要去跟一只臭鼬约会，所以，也许你们进行得不太顺利。"

"我不打算理你。"

"是的，我注意到了。"

"你会被送上军事法庭。"

"天啊，我做了什么？"

"每件事。对你的指控名单能排一英里长，不过审判不会超过三十秒。你要鼻子对着墙角度过接下来的五十年。"

"我讨厌鼻子对着墙角站在那里。"

"很好，我倒是喜欢你痛苦的每一秒。"

"你在寻找斯利姆吗？"

"不。"我停下脚步，用我的目光在野餐的人群中搜寻着。"是的，他在哪里？"

"如果我告诉你，你会缩短我的刑期吗？"

"卓沃尔，行贿是很严重的罪行。"

"是的，不过这行得通吗？"

我思考了片刻。"好吧，二十五年。他在哪里？"

他用爪子指着一群坐在草坪躺椅上的人。"他和维奥拉小姐在一起，我认为他们正打算弹奏一首歌曲。"

提到维奥拉小姐，我的精神又振奋了起来。你们或许还记得她非常喜欢我。有传言说她与斯利姆彼此爱恋，不过，我知道真相，她喜爱的是我，她不得不忍受斯利姆，因为……嗯，因为他是我的朋友，我猜。

是的，我与维奥拉总是能够交流我们最深沉的思想与情感。如果斯利姆不能理解我带来的关于那个窃贼的信息，我相当确信我可以把这件事向维奥

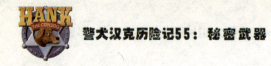

拉讲清楚。嗨，她或许会给我尝一口她自制的冰激凌，嘿嘿。

我又转身面向卓沃尔。"先处理一下你的事情，你将会在监狱里度过接下来的二十五年。"

"我们能把它缩短到十分钟吗？"

我斟酌着这个沉重的道德难题。"你能答应再也不把我关在房子外面吗？"

"嗯，事实上，我没有把你关在房子外面。只是你自己打不开那扇门。"

我把鼻子戳到了他的脸上。"好吧，那么你承诺不要去学那些我学不会的花招。要么答应我，要么老死在监狱里！"

"好吧，我答应你。"

"很好，我们会跳过军事法庭这一段。回你的房间里去，把你的鼻子对着墙角。"

"五分钟？"

"对，别妄图作弊，我会监视你的。"

他向油罐跑过去，开始服刑了。我讨厌对这个小笨蛋这么严厉，不过他必须吸取一些教训。

我转身面向北方，径直地朝着那片阴凉的地方走过去。斯利姆与维奥拉正与其他人围成一圈坐在那里。斯利姆带来了他的班卓琴，正在调音。维奥拉拿起她的曼陀林，开始弹奏一首名叫《野李子果冻》的蓝草小调。我坐下来，聆听着。

我的天啊，她弹奏得非常好，斯利姆的五弦琴听起来也不太糟，他们一起演奏出了非常动听的音乐。

当琴声停止的时候，她微笑着，向鼓掌的人群点头致意。我思量着。"嗨，有这种才华的女士需要一条忠诚的狗趴在她的脚下，用充满爱意的眼神注视着她，并且守护她的曼陀林。"

这正是她所需要的，而我碰巧知道有一条狗能够胜任这份工作。那就是我。

我头脑中闪烁着这种想法，完全忘记了自己正在进行一项非常重要的调查，忘记了应该警告斯利姆那个窃贼闯进了他房子里的事。

我穿过人群，径直向维奥拉小姐走过去，把我的脑袋放在她的腿上，注视着她说："嗨，我听说你一直在到处找我。"

# 第十二章

一个非常戏剧性的结局，哇噢！

她看到了我，她的眼神变得柔和起来，开始闪烁出爱的光芒。当她微笑的时候，我生命中所有的阴霾与悲伤全都消失了，就像……什么东西一样。当她伸出一只柔软的手，将它放在我的脑袋上时，我觉得自己似乎被一道能致人麻痹的光线击中了。

过了片刻，我终于能够用摇尾巴的方式向她传达信息了："维奥拉，我最亲爱的女士，不要同斯利姆在一起浪费时间。他一无是处，只是一个穿着短裤坐在门廊上唱粗俗歌曲的单身汉。而我，恰恰相反，是你终生一直在等待的狗。"

我屏住了呼吸，等待着她的回答。她发出了一声呻吟，尖叫着说："汉克，你太难闻了！臭鼬，哎呀！"

我听到了斯利姆的声音从我身后传来："汉克，你在搞什么名堂？"

我不在乎，他可以想怎么斥责我，就怎么斥责我，我知道维奥拉会理解我的，这就是我想要的……她的眼睛睁大了，她的脸色变得冰冷。

我目瞪口呆。她把我推开了。在我们交往这么多年以来，这是第一次，她把我推开！更糟糕的是，她用一只手掌捂住了鼻子，说："汉克，我很抱歉，不过我受不了你的气味！"

是的，不过忠诚与爱恋也不要了吗？难道这些品质不再重要了吗？

斯利姆从他的椅子上跳起来，像雷雨云一样向我移动过来。"汉克，在你学乖之前，你到底要把臭鼬味弄到你的身上多少次？"

把臭鼬味弄到身上？哦，是的，臭鼬。这让我想起来了我还有一个非常重要的信息需要传达。我转身面向斯利姆，开始用摇尾巴的方式发报："斯利姆，有人带着一只训练有素的臭鼬闯进了你的……"

"去，从这里滚开！嘘！"

他根本没在听！没有人理解真相，在我保护这个牧场的时候，我弄了一身臭鼬味。我的头垂了下来，尾巴拖在地上。我转过身，走开了。我的心被烤肉扦子穿透了。

相当令人悲伤的场面，呃？的确如此，这是我整个生涯中最黑暗的场面之一，我被两个女朋友甩了，又被一个我原以为是整个世界上最亲爱的朋友拒绝了——这一切都发生在同一个下午。

我叹息着。哦，算了，伤害已经造成。我原本有机会传达那条信息，但我却搞砸了。调查结束了，我也完蛋了。在我摆脱臭鼬味之前，我会没有工作，也没有朋友。

我向着毫无希望的未来走了十来步。就在这时，我听到斯利姆的声音从背后传来："等一下！臭鼬？汉克，回到这里来！"我停下脚步，回头看着他。他迈着大步向我走过来。"汉克，在我离开之后，有人在我的房子前露面了吗？"

我发出了一声深沉的吠叫。是的！

"他带着一只宠物臭鼬？"

又一声深沉的吠叫。是的！

他对维奥拉说："我的天啊，这就是博比·凯尔告诉我的那个骗子，他来到这附近地区了。"

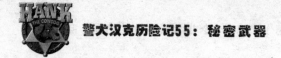

我又发出了一声深沉的吠叫，说："这的确花了你很长时间才明白过来！我差一点儿就要从治安部门辞职了。如果是这样，你们就真的遇到麻烦了。"

我不确定斯利姆是否弄明白了我的信息。事实上，我相当确信他没有，因为他一路小跑着去找鲁普尔，告诉了他关于那个强盗的事情。这两个男人走进房子里，给警长的办公室打了一个电话。

二十分钟以后，副警长凯尔开着他荷尔斯坦因母牛颜色（黑白相间，就像一头荷尔斯坦因母牛）的警车赶到了牧场总部。三个男人简短地开了一个小会之后，副警长爬回到他的车里，鲁普尔开出了一辆牧场小货车，而斯利姆则招呼我上车随行。

"过来，伙计，你最好跟我们一起来……以防万一。"

只是为了以防万一？我不知道他这话是什么意思，不过，谁在乎呢？嗨，重要的是我又重新回到这个案子里来了。我冲到小货车的车门前，等着斯利姆……

"哦哦，你到车斗里去，臭气弹。在这一天结束的时候你或许会成为英雄，不过此刻，你因为一身臭鼬味而受到隔离了。"

很好，没有问题，我不介意坐在车斗里。我跳上了小货车的车斗，坐在了备胎中间显眼的位置。然后，我们离开了鲁普尔的家，开往沿溪两英里之外的斯利姆的住处。

我的名字不叫"臭气弹"。

当我们抵达目的地之后，他们很快就收集到了线索。马鞍棚的前面依然残留着臭鼬的气味，那里还有一个……糟糕，空荡荡的包装纸，那里面曾经包裹过牛肉。

斯利姆用拇指与食指夹起了那张包装纸，目光阴沉地瞪着我。我向他露出无辜的笑容："嗯，你想怎么着？"他咧嘴笑了起来。我认为他理解了，如果他是一条狗，他也会把它吞下去的。

就在这时，副警长凯尔在尘土中发现了一些靴子印。我们跟着这些靴子印一直向北走，走进了一片小楝树林中。在小树林的另一侧，他停下了脚步，摇了摇头。"地面太硬了，我们找不到他的踪迹了。"

地面太硬了？哈，谁需要鞋印呢？我挤到前面去，把鼻子贴近地面，开始沿着踪迹向西北方向追过去。看，我没有世界上最好的鼻子，不过，追踪一只臭鼬没有问题，这种事情即使是卓沃尔也能做到。

我引领他们穿过朴树林，走进岩石密布的溪谷。气味变得越来越强烈，突然，我抬起头来，看到……我的天啊，面前是一座由树枝搭建的棚屋。我停下脚步，指着棚屋，就像一支燃烧的箭。

在我身后，副警长说："我们到了！干得好，小狗。"他把一只手拢在嘴边，叫喊着："好吧，老兄，你被包围了！我们是治安署的，把手举起来，走出屋子！"

我们听到棚屋里传来一个声音。"走开！如果你们想进来就进来吧，不过，你们会被臭鼬喷到的！我有一个防毒面具，你们有吗？"

副警长皱起了眉头，拉了拉他的腰带。"有人想自愿进去吗？"死一样的寂静。斯利姆与鲁普尔仰头看着天，副警长摩挲着他的下巴，用靴子踢着岩石。他沉默了很长时间，然后，他的头抬了起来，眼睛里似乎闪闪发光。

"斯利姆，那条狗叫什么名字？"

"笨蛋。"

"他叫什么名字？"

"汉克。"

副警长跪下来，用一只手拍着他的大腿。"到这里来，汉克。喂，你看起来就像一条好狗。"

嗨，你们听到了吗？一条好狗！我希望斯利姆和鲁普尔能听到这句话。

我走向那位警官，他揉搓着我的耳根。"汉克，你愿意为我工作吗？"

我惊呆了，说不出话来，为治安署工作？成为一条真正的警犬？嗨，这太棒了！我愿意，愿意，愿意！

他用双手捧着我的头，注视着我的眼睛。"好吧，伙计，我有一项任务要交给你，一项非常重要的任务。我认为鲁普尔和斯利姆完成不了这项任务。"

噢，我明白，他们是一对游手好闲的家伙。给他们一项任务，而他们所做的就是开玩笑和恶作剧。他不需要告诉我斯利姆和鲁普尔的事，我非常了解他们。

他站了起来，皱着鼻子，用手扇着他面前的空气。"汉克，我从来没有雇用过像你这么臭的家伙，不过，我认为你是这项任务的正确人选。你准备好了吗？"

我高高地挺起了胸膛。"是的，是的，长官，准备好了！"

呃？这真奇怪，他用手臂环住我的腰，把我挟了起来，迈步向……我们在干什么？当然，他没打算……嗨，在那个棚屋里有荷枪实弹的臭鼬！

我猜此刻你们都弄明白了，副警长凯尔把我扔进了棚屋里。我的四脚还没有着地，我就瞥见了敌人的身影，就像一张照片，瞬间在时光里定格。利兰靠着北墙坐在地上，正在调整他防毒面具的松紧带，准备把它带在脸上。他的臭鼬坐在旁边，正在一点儿一点儿地咬着一些土豆皮。那个窃贼脸上流露出来的表情告诉我，他吃了一惊。

随后，事情发生得相当快，罗斯巴德看到了我。他伸展开尾巴，向我的方向移动过来。他用前腿支地立起身体，瞄准了我。

我听到利兰用嘶哑的噪音说："罗斯巴德，先不要！"

罗斯巴德没有听他的话，开始发射了。又一团黄黄的、可怕的滚动球体。啪！我遭到了重创，棚屋里的每件东西也都遭到了重创，包括那只臭鼬的主人。这时他刚把防毒面具戴在头上，不过，已经太迟了。

我不记得其他细节了，除了我在快要窒息的时候摇摇晃晃地走出棚屋，大口大口地呼吸着新鲜空气。那个骗子紧跟在我身后，他径直走进了一副手铐当中。哇噢，多么精彩的结局！我破了这个案子，抓住了那个坏家伙——他。顺便说一下，也被喷了一身臭鼬毒气，他们在带他去监狱时不得不把他押在鲁普尔小货车的车斗里。

这就是整个故事。我没被邀请再次在野餐上露面，没有我在那里，嗯，事情全都乱了套。比欧拉哭了起来，维奥拉小姐哭了起来，野餐上的每个女人都哭了起来。有片刻的时间，人们站在那里，谈论着我捕获那个歹徒的勇敢行为，然后，他们把东西整理好，回家了。

没有焰火，也不再歌唱或玩投掷马蹄铁的游戏。我的意思是，如果主宾不出席，举办一个派对又有什么用？

不过，重要的事情是，我已经解决了这个案子，拯救了牧场，把那个窃贼绳之以法，赢得了满满一鞋盒的奖章与缎带。还有，老兄，这件事传了出去，那个案子被……

等一下，先暂停每件事，你们可能想知道罗斯巴德——那个秘密武器怎么样了。好吧，我这里有一条独家新闻。在一片混乱之际，他溜走了，没受到任何处罚。不过，两周之后，我抓住了这个小讨厌鬼，他正试图从我们的狗食碗中偷东西，于是……别管了。

与一只臭鼬打过多的交道会破坏一个幸福的结局。所以，我只想说，我已经吸取了教训，再也没有看到他。

就这样，案件结了。

# 第56册《郊狼入侵》

　　警犬汉克与萨莉·梅的关系再一次陷入了僵局。然而，汉克还没找到机会向萨莉·梅表达他的歉意，他已经获悉他的头号敌人——郊狼将袭击牧场。汉克有办法挽回他的声誉，保护好牧场，并修复他与萨莉·梅的关系吗？

下册预告

你读过警犬汉克所有的历险吗?

1. 《警犬汉克初次历险》
2. 《警犬汉克再历险境》
3. 《狗狗的潦倒生活》
4. 《牧场中部谋杀案》
5. 《凋谢的爱》
6. 《别在汉克头上动土》
7. 《玉米芯的诅咒》
8. 《独眼杀手案》
9. 《万圣节幽灵案》
10. 《时来运转》
11. 《迷失在黑森林》
12. 《拉小提琴的狐狸》
13. 《平安夜秃鹰受伤案》
14. 《汉克与猴子的闹剧》
15. 《猫咪失踪案》
16. 《迷失在暴风雪中》
17. 《恶叫狂》
18. 《大战巨角公牛》
19. 《午夜偷牛贼》
20. 《镜子里的幽灵》
21. 《吸血猫》
22. 《大黄蜂施毒案》
23. 《月光疯狂症》
24. 《黑帽刽子手》
25. 《龙卷风杀手》
26. 《牧羊犬绑架案》
27. 《暗夜潜行的骨头怪兽》
28. 《拖把水档案》
29. 《吸尘器吸血案》
30. 《干草垛猫咪案》
31. 《鱼钩消失案》
32. 《来自外太空的垃圾怪兽》
33. 《患麻疹的牛仔案》
34. 《斯利姆的告别》
35. 《马鞍棚抢劫案》
36. 《暴怒的罗威纳犬》
37. 《致命的哈哈比赛案》
38. 《放纵》
39. 《神秘的洗衣怪兽》
40. 《捕鸟犬失踪案》
41. 《大树被毁案》
42. 《机器人隐居案》
43. 《扭曲的猫咪》
44. 《训狗学校历险记》
45. 《天空塌陷事件》
46. 《狡猾的陷阱》
47. 《稚嫩的小鸡》
48. 《猴子盗贼》
49. 《装机关的汽车》
50. 《最古老的骨头》
51. 《天降大火》
52. 《寻找大白鹌鹑》
53. 《卓沃尔的秘密生活》
54. 《恐龙鸟事件》
55. 《秘密武器》
56. 《郊狼入侵》